Von Autos

und Prinzen

Von Autos und Prinzen

Nicole S. Valentin

Liebesroman

V.i.S.d.P.

Autorencentrum.de

Ein Projekt der BlueCat Publishing GbR

Gneisenaustr. 64

10961 Berlin

E-Mail: bluecatmedia@web.de

Tel.: 030/61671496

Nicoles.valentin@aol.de

Bibliografische Information der Deutschen Nationalbibliothek:
Die Deutsche Nationalbibliothek verzeichnet diese Publikation in der
Deutschen Nationalbibliografie; detaillierte bibliografische Daten sind
im Internet über http://dnb.dnb.de abrufbar.

Umschlaggestaltung: Casandra Krammer – www.casandrakrammer.de
Umschlagmotiv: istockphoto 33759272
Korrektorat: Claudia Heinen – http://sks-heinen.de
3.Auflage, April 2020
Copyright © 2015 Nicole S. Valentin
Herstellung und Verlag: BoD – Books on Demand, Norderstedt

ISBN: 978-3-7519-2025-4

„Ich brauche mehr Licht hier unten! Wer hat den zweiten Strahler schon wieder ...?"

„Chef? Hier ist jemand für dich."

Ich atme tief in den Brustkorb. Es ist zum Verrücktwerden. In dieser Werkstatt zu arbeiten, ist manchmal eine Zerreißprobe für meine Nerven.

„Kannst du das nicht für mich erledigen? Ich stehe unter der Bühne." Ich drehe den mir verbliebenen Strahler hoch, mitten in Karls Gesicht. Er kneift die Augen zu und zuckt lediglich mit den Schultern.

„Er verlangt ausdrücklich den Chef. Tut mir leid. Du musst wohl da rauskommen." Verlegen schiebt er seine Hände in die Taschen seines Overalls. „Wirklich, Kleines, und du solltest dich beeilen. Der sieht aus, als würde er gleich explodieren."

Mit einem tiefen Seufzer fische ich nach meinem Handtuch und klettere nach oben. Ein Blick auf meine schwarzen und rissigen Fingernägel lässt meine Mutter vor meinem inneren Auge erscheinen. *Kind, du bist ein Mädchen. Wasch dir gefälligst die Hände und feile deine Nägel. Wie sieht das denn aus?*

Nach Arbeit, Mama! Das sieht *verdammt noch mal* nach Arbeit aus.

Halbherzig wische ich mir die Schmiere von den Händen.

Ich sehe ihn sofort. Tief rot, glänzende 4,5-Zoll-Leichtmetallfelgen, Ledersitze, so viel ich von hier aus erkennen kann, verfügt er über ein Holzlenkrad, bestimmt 69er Baujahr, 91 kW, 124 PS.

Ich bemerke, wie sich mein Schritt verlangsamt.

Verflucht, sieht der gut aus.

Und es qualmt eindrucksvoll unter seiner Motorhaube.

Ich schnuppere kurz. Der beißende Geruch lässt mich vermuten, dass die Öffnung des Öleinfüllstutzens nicht ordentlich verschlossen ist.

Da kann man nur beten, dass der Wagen schnell genug hierhergefunden hat.

Ich unterdrücke den Impuls, dem armen Volvo sofort zur Hilfe zu eilen, sondern folge Karls Blick zu dem Mann, der unweit entfernt mit dem Rücken zu mir in die Gegend starrt und anscheinend mehr als ungeduldig in ein Handy spricht.

Die Schuhspitze seiner unbestritten teuren Oxford-Schnürer treten die weißen Kiesel meiner Einfahrt fast wütend in das liebevoll angelegte und gepflegte Blumenbeet meiner Großmutter.

Na, Freundchen, dann bete mal zum lieben Gott, dass sie nicht hinter der Gardine lauert.

Etwas ungehalten räuspere ich mich, unterbreche sein Telefonat.

Zumindest versuche ich es.

„Sie wollten mich sprechen?"

Ein erhobener Zeigefinger erscheint unverzüglich hinter seinem Rücken, gebietet mir, still zu sein, ohne dass er sich überhaupt die Mühe macht, sich zu mir umzudrehen.

Ich bemerke den Knoten Wut in meinem Magen.

Das ist doch wohl das Letzte ...

Gerade als ich Karl andeute, dass er sich selbst um diesen arroganten Arsch von Scheißkerl kümmern soll, schiebt der Typ das Handy in die Innentasche seines dunkelblauen Jacketts und wendet sich mit einem süffisanten Lächeln in meine Richtung.

„Entschuldigen Sie bitte vielmals. Das war ein wichtiges ... Telefonat." Seine graugrünen Augen scannen mich abschätzend und das Lächeln verschwindet aus seinem Gesicht. Mit einem Wink auf mich fährt er Karl an. „Sagte ich nicht, ich will den Chef sprechen?"

Karl zuckt stoisch die Schultern und verschwindet in der Garage.

„Der Chef steht vor Ihnen." Ich beiße die Zähne fest zusammen, zähle innerlich langsam bis zehn.

Der Kunde ist immer König, Isa.

Obwohl ich fest daran glaube, dass selbst mein Vater diesen hier direkt vom Gegenteil überzeugt hätte.

„Aber Sie sind eine Frau!?"

Ach ne? Sach an ...

„NEIN!" Gespielt entsetzt blicke ich an meinem Körper hinab und bleibe mit den Augen auf meinen Brüsten liegen. „Oh Mist, verdammter. Das sind ja tatsächlich Titten! Da habe ich wohl heute Morgen glatt vergessen, sie in meine Hose zu stecken."

Ich verschränke meine Arme vor eben diesen und funkele ihn an. „Das ist wohl gleichzeitig Ihr Glück. Denn dann wären sogar meine Eier größer als Ihre. Und jetzt wäre ich Ihnen sehr verbunden, wenn Sie hier verschwinden."

Er kratzt sich am Hinterkopf, schließt verschämt die Augen. „So war das nicht gemeint. Ich wollte Sie nicht …"

Dieses Mal fahre ich ihm über den Mund. „Es interessiert mich nicht, was Sie NICHT wollten. Ein geringes Maß an Höflichkeit ist sicherlich nicht zu viel verlangt. Und jetzt steigen Sie in diesen bemitleidenswerten Volvo und bemühen Sie den ADAC oder besser noch", mit einem Fingerzeig deute ich auf die roten Nummernschilder, „bringen Sie ihn zurück zum eigentlichen Besitzer."

Meine Augen wandern erneut zu diesem Traum von Auto und es fällt mir schwer, nicht hinzuhechten und mich um sein Wehwehchen zu kümmern.

„Sie können mich doch jetzt nicht hier stehen lassen …?"

„Und ob ich das kann. Ich drehe mich einfach um und weg bin ich." Ich lasse meinen Worten Taten folgen.

Und höre ihn hinter mir her laufen. „Bitte, es war nicht so gemeint. Ich zahl auch das Doppelte, wenn Sie ihn nur wieder …"

Jetzt reicht es!

Mit einer mahnenden Geste weise ich ihn in die Schranken.

„Kerle wie Sie meinen anscheinend immer noch, dass Geld alle Probleme löst. Tut mir leid, diese Schmach müssen Sie schon über sich ergehen lassen." Mit hochgezogenen Augenbrauen kann ich mir eine letzte Spitze in seine Richtung nicht verkneifen. „Dabei ist es doch eigentlich so ein Frauending, das Auto bei der Probefahrt bereits zu Schrott zu fahren."

Er zieht seine Stirn in Falten, mustert mich mit einer Mischung aus leichter Bestürzung und unverhohlener Anerkennung.

„Wow, Sie sind wahrlich nicht auf den Mund gefallen."

Ich schnaube wenig damenhaft. „Und Sie sind wahrlich ein Idiot."

Ich drehe mich endgültig um und ziehe mein Handtuch von der Schulter, einfach nur, um irgendwas zwischen den Fingern zu haben. Wringe es förmlich und vergehe bei dem Gedanken, es wäre der Hals dieses ... dieses ... unglaublich ... gut aussehenden chauvinistischen Arschloch-Idioten.

Isabell Holzer, ich muss mich sehr wundern.

„Karl? Kümmerst du dich bitte einmal um den Volvo? Wahrscheinlich muss nur die Öleinfüllöffnung richtig verschlossen werden. Prüf direkt den Ölstand und das Kühlwasser. Es wäre schade um dieses hübsche Auto."

„Klar Chef." Er zwinkert mir zu und begibt sich wieder in den Hof. Und ich gehe geradewegs durch die Werkstatt in die sich daran angrenzende winzige Küche.

Jetzt habe ich einen Kaffee bitter nötig.

~oOo~

Da steht er nun. Vorgeführt von einer Frau.

Einer ungeschminkten Frau mit Arbeitsoverall, klobigen Stiefeln und einem um den braunen Lockenkopf gewickelten Kopftuch.

Das Ganze ist so abstrus, dass sich Niklas nur schwerlich das Lachen verkneifen kann, dass seinen Brustkorb hinaufklettert.

Mit Fug und Recht kann er behaupten, dass eine Situation wie diese absolutes Neuland für ihn ist.

In der Regel trifft er auf Frauen in der Bar, in einem Restaurant, in einem Klub.

Und sie sind normalerweise mehr als nur bemüht darum, einen bleibenden Eindruck bei ihm zu hinterlassen. Wenn es sich ergibt, hinterlassen Sie gerne den Zimmerschlüssel eines Hotelzimmers oder eine Telefonnummer, die er bei Bedarf nutzen soll.

Aber mit an Sicherheit grenzender Wahrscheinlichkeit trifft er sie nicht in einer Autowerkstatt.

Tatsächlich gibt es hier nicht den allerkleinsten Hinweis darauf, dass der Chef eine Frau sein könnte. Keine Vorhänge vor den Werkstattfenstern, kein rosa lackiertes Tor. Das Firmenschild verrät lediglich einen *Kfz-Meisterbetrieb Holzer*.

Das kann anscheinend alles bedeuten.

„Verdammte Scheiße." Das Ausmaß dieser Katastrophe wird ihm bewusst, als er einen Blick auf seine Uhr wirft.

Er ist mal wieder zu spät. Christina wird ihm die Hölle heißmachen.

Gerade, als er sein Handy zur Hand nehmen will, bemerkt er den Mechaniker am Volvo. Selten war er so erleichtert.

„Vielen Dank. Ich fürchte, Sie retten gerade mein Leben."

„Jap."

Niklas beobachtet die routinierten Handgriffe des wesentlich älteren Mannes.

„Ist ihr … *Chef* immer so gut gelaunt?" Er hat keine Ahnung, was genau ihn zu dieser Frage veranlasst. Eigentlich sollte er nur froh sein, wenn er gleich mit dem Auto den Hof verlassen kann und nie wieder einen Fuß auf dieses Gelände setzen muss.

Aber irgendwas hat diese Frau an sich …

„Meine Nichte. In der Regel ist sie ein umgänglicher Mensch."

Das überrascht Niklas. „Ihre Nichte?"

„Jap." Karl schließt die Motorhaube des Volvos 1800S und erklärt gelassen, „Sie sollten besser darauf achten, dass der Verschluss des Öleinfüllstutzens immer ordentlich verschlossen ist. Ihnen ist Motoröl aus dem Ventilgehäuse in den Motorraum und auf den Auspuffkrümmer gespritzt. Sie waren früh genug hier ... allerdings kann das in die Hose gehen. Kühlwasser war auch zu wenig." Er schüttelt den Kopf, als wäre das ein Kapitalverbrechen. „Sonst wird es irgendwann teuer."

„Ja ... ja natürlich. Was bin ich Ihnen schuldig?" Nach seinem Portemonnaie suchend greift er an seine Hose.

Karl winkt ab. „Lassen 'se ma stecken. Das geht auf's Haus."

Sagt's, und schlurft zurück zur Werkstatt.

Niklas presst seine Lippen aufeinander, unsicher ob er auf einer Bezahlung bestehen soll. Entschließt sich dann jedoch dagegen. Er ist wirklich verdammt spät dran und es wird Zeit, hier zu verschwinden. Mit einem tiefen Seufzer steigt er in den Volvo und startet den Motor.

~oOo~

Kapitel 2

„Du denkst hoffentlich an heute Abend?"

Ich verdrehe die Augen. „Ich denke an nichts anderes."

„Gut. Dann gehe gefälligst ausnahmsweise mal zum Frisör und lackiere deine Fingernägel. Es muss ja nicht gleich jeder mitbekommen, dass der begehrteste Junggeselle des Abends mit einem Mann ausgeht."

„Martin, überschreite nicht deine Kompetenz. Wenn dir so viel an Weiblichkeit liegt, suche dir eine richtige Freundin und nutze mich nicht immer so schamlos für deine Zwecke aus."

Mein bester Freund hat einen Knall. Aber ich liebe ihn. Leider bildet er sich ein, dass jeder Rock nur hinter seinen Hosen her ist.

Gut, vielleicht hat er da nicht so unrecht.

Seine markanten Gesichtszüge, das strohblonde Haar, eisblaue Augen und dieses freche Dauergrinsen finden wahrscheinlich viele Frauen sexy, meine Libido spricht es jedoch nicht an.

Für mich wird er immer der Junge bleiben, den ich bereits im Sandkasten mit meiner Schüppe verprügelt habe.
Heute findet er diese frühkindliche Erinnerung eher beschämend, aber für mich war das der Beginn unserer nunmehr fast 22-jährigen Freundschaft.

Und ich werde niemals müde, diese Geschichte jedem zu erzählen, der mich danach fragt.

Dem großen Klassenunterschied unser beider Familien zum Trotz hat sich unsere Bekanntschaft bewährt und ich bin voller Stolz, dass er noch heute mein bester Freund ist, auch wenn ich ihm nicht mehr mit einer Schüppe auf den Kopf schlagen darf.

Obwohl mir in Momenten wie diesen die Finger jucken.

„Ach Schatz, was soll ich denn mit einer richtigen Freundin? Wenn ich Lust habe zu vögeln, blättere ich durch mein schwarzes Buch."

„Bitte, keine Details. Die Bilder werde ich sonst nie wieder los."

Er grunzt in den Hörer. „Dir täte ein schwarzes Buch ebenfalls gut, Isa. Wirklich. Wenn du dich nur ein wenig mehr wie eine Frau benehmen würdest …"

„Halt die Klappe. Wenn ich eine Moralpredigt brauche, gehe ich zu meiner Oma. Wann holst du mich ab?"

„Ich komme gar nicht, sondern schicke dir einen Wagen. Meine Schwester hat mir noch irgendwelche Verpflichtungen aufgebrummt und ich fürchte, ich würde nicht rechtzeitig bei dir sein *und* unverschämt gut aussehen können. Manchmal muss man Prioritäten setzen."

„Himmel, manchmal frage ich mich, was all diese Frauen nur an dir finden."

„Wo soll ich da nur anfangen? Bei meinem bestechenden Charme? Bei meinen Fähigkeiten im Bett oder soll ich wieder bei meinem Aussehen hängen bleiben?"

„Ich lege jetzt auf."

Er lacht laut an mein Ohr. „Hans kommt um 18.00 Uhr. Zieh das grüne Kleid an. Das lange mit diesen Perlen. Du siehst heiß darin aus."

„Ich nehme das Schwarze. Das passt besser zu meinen Fingernägeln."

Noch ehe er etwas darauf erwidern kann, beende ich das Telefonat.

Und ein Lächeln liegt auf meinen Lippen.

Ich mag diese Charity-Abendveranstaltungen eigentlich nicht besonders.

Auch dann nicht, wenn es wie heute Abend um benachteiligte Kinder geht.

Würden all diese Leute das Geld, welches sie bereits im Vorfeld für den Frisör, ihre Garderobe, das Make-up ausgeben, ebenfalls von vorneherein sparen, wäre der Erlös einer solchen Spendenaktion doch um einiges höher. Martin lacht mich regelmäßig aus, schimpft mich eine Idealistin und überredet mich dennoch jedes Mal aufs Neue, ihn zu solchen *Happenings* zu begleiten, wie er es zu nennen beliebt.

Dass ich mich so sicher in den Kreisen meines besten Freundes bewegen kann, ist ebenfalls sein Verdienst.

Da er mich in der Vergangenheit in jedes dieser Wie-esse-ich-anständig-mit-Messer-und-Gabel- und Wie-verbessere-ich-meine-Umgangsformen-Seminare mitgeschleppt hat, bekomme ich keinen Nervenzusammenbruch bei dem Gedanken an all diese feinen Pinkel, die mir heute Abend über den Weg laufen werden.

Hier geht mein Dank also an die Eltern Zimmermann.

Sie hätten ihn mit seiner Schwester schicken können, aber ich glaube, er hat ihnen in Bezug darauf keine große Wahl gelassen.

Obwohl, wenn ich es recht bedenke, ist Christina Zimmermann mit allergrößter Wahrscheinlichkeit schon perfekt auf die Welt gekommen. Sie hatte solche Seminare sicher nicht nötig.

Ich bin nicht so blauäugig, tatsächlich daran zu glauben, dass sie mir diese Kurse völlig selbstlos ermöglicht haben.

Es wird wohl eher so gewesen sein, dass sich Gabriele Zimmermann sicher sein wollte, dass ich sie nicht blamieren werde, wenn sich eine zufällige Gelegenheit für mich bietet.

Immerhin waren ihr Prinzchen und die kleine Rotznase aus der Autowerkstatt unzertrennlich.

Heute finde ich einen diebischen Gefallen daran, dass all diese Menschen tatsächlich zu glauben scheinen, ich wäre eine von ihnen.

Ja, die Rotznase kann auch Prinzessin.

An diesen Ausdruck ihrer Gesichter werde ich mich nie gewöhnen, wenn ich sie letztendlich darüber aufkläre, dass ich lediglich eine Autowerkstatt mein Eigen nenne und nicht ein jahrelanges Studium mit Auslandsaufenthalt absolviert habe und einen erfolgreichen Abschluss in irgendwas besitze.

„Karl, kümmerst du dich heute um den Rest? Ich muss mich fertig machen für heute Abend."

„Klar, Kleines. Ich schließ einfach später zu." Mein Onkel winkt mich hinaus und ich ziehe bereits den Reißverschluss meines Overalls hinunter, noch bevor ich das angrenzende Wohnhaus erreicht habe, das ich mit meiner Oma bewohne.

„Isa? Bist du das?"

„Wer sonst, Oma?"

Ich grinse.

Das ist so etwas wie ein Ritual.

Obwohl sie hört, dass ich die Tür mit einem Schlüssel öffne, vergewissert sie sich dennoch regelmäßig, wer diesen Schlüssel benutzt.

„Ich muss unbedingt baden. Martin schickt mir um 18:00 Uhr die Limo. Bis dahin muss ich meine Finger wieder einigermaßen sauber bekommen haben."

„Na, dann bleibt mir nichts weiter, als dir viel Glück dabei zu wünschen." Sie erscheint im Türrahmen.

Eine kleine, rundliche Frau mit einem strengen Haardutt im Nacken.

Ihre Augen sind die strahlend blausten, die ich neben denen meiner Mutter jemals gesehen habe.

„Machst du mir später die Haare?"

„Was ist das für eine Frage? Sieh zu, dass du ins Badezimmer kommst. Ich gehe davon aus, dass du heute nicht mit mir essen wirst?"

Die Frage ist rhetorisch.

Sie wartet meine Antwort gar nicht ab, sondern verschwindet wieder in der Küche, brüllt die weitere Konversation lieber über den Flur. „Ruf mich gleich einfach, dann komme ich hoch zu dir."

„Du bist die Allerbeste, Omilein."

„Das ist schließlich mein Job."

Ich lasse meine Sachen bereits auf dem Weg ins Bad fallen.

Darum kann ich mich später noch kümmern.

Das Badewasser läuft und verströmt einen himmlischen Duft nach Mandeln und Honig. Schade, dass ich heute so wenig Zeit habe, es zu genießen.

Ich bin mal wieder spät dran und wenn ich noch meine Haare bändigen möchte, wird es allerhöchste Zeit.

Mit der Nagelbürste bearbeite ich meine Fingernägel, entscheide mich letztendlich für einen pflegenden und abdeckenden Nagellack.

Nur um sicherzugehen.

Das Kleid hängt bereits am Bügel und wartet auf seinen großen Auftritt.

Selbstverständlich ist es das Grüne. Das mit den Perlen am Saum und am Bustier. Ich hätte es auch ohne Martins Hinweis ausgewählt.

Meine Großmutter hat es genäht. Eben für solche Anlässe, die ich ständig mit ihm besuche.

Ihren großen Traum, einmal mein Brautkleid nähen zu können, werde ich ihr wohl nicht erfüllen können. Abendkleider sind doch schon mal was.

In einen weichen Bademantel gehüllt, mit rasierten Achseln und Beinen und allen sonstigen, notwendigen Stellen begebe ich mich in die Obhut meiner Großmutter, die sich meiner Haare annimmt.

„Soll ich sie dir hochstecken, mein Schatz?" Sie sieht mir durch den Spiegel in die Augen und ich nicke zustimmend. Die gleichmäßigen Bürstenstriche lassen mich genießerisch die Augen schließen.

„Wirst du heute mit Martin sprechen?" Sie lässt es beiläufig klingen. Ich durchschaue sie sofort.

Unverzüglich bin ich wieder achtsam, betrachte sie durch den Spiegel.

„Oma, ich werde ihn nicht um Geld bitten. Wirklich! Das bekomme ich hin, ganz ohne seine Hilfe."

Die Mutter meiner Mutter hält in der kämmenden Bewegung inne. Die Sorge in ihrem Blick schnürt mir förmlich den Brustkorb zusammen, also greife ich nach ihrer Hand, drücke ihre knorrigen Finger. Auch um mir selbst die nötige Zuversicht zu vermitteln.

„Wirklich, Oma. Bitte mache nicht so ein Gesicht. Ich habe es bis jetzt immer ohne Martins Hilfe geschafft und die Bank hat mir noch eine Frist eingeräumt. Wir verlieren weder das Haus noch die Werkstatt. Das lasse ich nicht zu."

Sie seufzt tief, fährt fort damit, mein Haar zu bändigen. „Ich wünschte, ich hätte dein Gottvertrauen." Dann lächelt sie mir entgegen. „Du bist ihr so fürchterlich ähnlich, dass es mich manchmal schier auffrisst."

Der darauf folgende Kuss auf meinen Scheitel lässt mich schlucken.

Heul jetzt bloß nicht los. Denke an dein Make-up.

Ich hole uns selbst aus dem Engpass wieder raus.

Die Werkstatt wirft nicht mehr so viel Geld ab wie zu Zeiten meines Vaters.

Die Aufträge bleiben aus.

Ich weigere mich einfach, den Gedanken zuzulassen, dass es an der Tatsache liegen könnte, dass ich eine Frau bin.

Ich verstehe etwas von meinem Beruf und sehe nicht, was mich da großartig von einem Mann unterscheiden soll.

Es muss doch auch andere Kunden geben.

Nicht nur solche exponentiellen Idioten wie das Exemplar von heute Mittag.

Als der Wagen der Familie Zimmermann vorfährt, schlüpfe ich gerade in meine silbernen Riemchensandalen mit einem gefühlten meterhohen Absatz.

Ich bedenke meine Füße mit einem entschuldigenden Blick. „Ich weiß, ihr werdet mich gleich dafür hassen, aber bitte, es ist nur für heute Nacht. Morgen bekommt ihr wieder Sneaker und Arbeitsstiefel oder höchstens einen Ballerina."

„Höre auf, mit deinen Füßen zu sprechen. Du kommst eh wieder barfuß nach Hause. Beeile dich lieber, bevor der arme Hans draußen noch Wurzeln schlägt."

Ich lächle meine treu sorgende Großmutter noch einmal an, ehe ich meine kleine silberne Clutch zur Hand nehme und die Treppe hinunterstöckle.

„Du bist nur sauer, weil er heute kein Körnchen bei dir trinken kann, sondern sofort mit mir entschwindet." Ich zwinkere ihr zu und sie errötet einen Hauch.

„Rede keinen Unsinn. Ich wünsche dir einen schönen Abend. Genieße den Ball, Aschenputtel. Denke nur daran, um Mitternacht verwandelt sich die Kutsche in einen Kürbis."

„Ich denke daran, meine gute Fee."

„Und wenn du auf den Prinzen triffst, bringe ihn bloß mit nach Hause."

Ich verdrehe die Augen. „Wirklich, Oma? Was soll ich mit so einem Geldsack?"

„Martin ist so ein Geldsack."

„Deshalb habe ich ihn bereits als Kind verprügelt."

„Verkaufe dich nicht immer unter Wert, mein Kind. Du bist das wundervollste Mädchen der Welt. Und wenn jemand einen Geldsack verdient, dann du."

Wieder brennen Tränen in meinen Augen.

„Das hast du schön gesagt. Und ich verspreche es dir, wenn ich einen Sack Geld finde, bringe ich ihn mit nach Hause."

„Du bist ein ganz schön freches Ding! Verschwinde jetzt aus meinem Haus." Das Lachen ihrer Augen straft ihre Worte Lügen und ich küsse sie schnell auf die Wange. „Warte nicht auf mich. Hans bringt mich wieder nach Hause."

Sie schließt die Tür hinter mir.

Nicht, ohne dem Chauffeur noch einmal kokett zuzuwinken.

„Ihr seid mir vielleicht zwei. Warum lädst du sie nicht mal zum Essen ein, Hans? Sie würde sich freuen."

Er hilft mir in den Bentley. „Ach nein, Isa. Wir sind schon zu alt für so einen Blödsinn."

„Wer sagt denn so etwas? Ihr wärt so ein hübsches Pärchen." Ich lächle ihn aufmunternd an.

Verlegen wischt er über seine glänzende haarlose Kopfhaut, zuckt ein wenig ratlos mit den Schultern, ehe er die Mütze zu seiner Uniform wieder aufsetzt und auf dem Fahrersitz Platz nimmt.

Die Zimmermanns legen wirklich viel Wert auf diesen ganzen Kokolores.

Ich habe mich bereits des Öfteren darüber köstlich amüsiert. Sehr zum Leidwesen Martin Zimmermanns, der in diese Welt geboren wurde.

Kapitel 3

Keine viertel Stunde später sind wir an dem Anwesen angekommen, in dem sich heute Nacht Rang und Luxus im Namen der guten Sache ordentlich volllaufen lassen werden.

Ein stattlicher Fuhrpark säumt bereits die Einfahrt und ein livrierter Butler, wahrscheinlich von irgendeiner Agentur nur zu diesem Zweck engagiert, öffnet den herannahenden Gästen Tor und Tür in die Heiligtümer des berühmten Theo Zimmermann, seines Zeichens Schönheitschirurg mit eigener Ärzteschaft in seinem Schatten. Seine Klinik ist DIE Klinik überhaupt und jede Brust und jedes Augenlid sollte nur unter sein Messer.

Wenn man der Allgemeinheit Glauben schenken möchte.

Was ich in der Regel nicht tue.

Oft erschrecke ich mich vor all diesen fratzenartigen Wesen, die jede Natürlichkeit in einem dieser OP-Säle verloren haben.

Lachende Frauen, deren Stirnen gebügelt glatt bleiben.

Lippen, die im Falle einer Seenot Leben retten werden, weil sie ein Untergehen verhindern.

Von den falschen Brüsten möchte ich erst gar nicht sprechen.

Es ist die Zeit des Botox, des Silikons und ich bin ja irgendwie mitten drin.

Erfrischend spektakulär unoperiert und stolz auf jede einzelne Cellulitisdelle in meinem bereits in die Jahre gekommenen Oberschenkel.

Das bleibt ja Gott sei Dank noch jedem selbst überlassen. Ich verurteile das nicht. Wenn man denn dazu steht.

Am schlimmsten sind solche Natürlichkeiten, die selbst mit 60 Jahren noch aussehen wie eine frische 40 und es lediglich darauf schieben, dass sie die Finger vom Alkohol lassen.

Und da es ihnen so gut geht, gibt es erst mal eine Runde Champagner für alle.

Du wirst wieder zynisch, Isa.

Hans entlässt mich am Eingang und der pflichtbewusste junge Mann in Uniform lächelt mir höflich und unverbindlich zu, ehe er mir die Tür öffnet.

Es sind Gott sei Dank keine Fotografen und Presseleute zu sehen, sodass es heute Abend keine Hetzjagd geben wird.

Wahrscheinlich hat Herr Zimmermann mal wieder die Exklusivrechte dieser Spendengala verkauft.

Ganz so, wie es sich gehört.

Die Streicher spielen bereits und das monotone Gemurmel aus dem Ballsaal verraten die ersten Gäste.

Jedoch entscheide ich mich zuerst für die ausladende Treppe, um in die höheren Sphären zu gelangen. Zu den Etagen des Hauses, die für die normalsterbliche Gesellschaft unerreichbar sind.

Ich bin ja in Besitz der Zauberbohne und darf in das Reich der Riesen.

Ohne groß anzuklopfen, stürme ich kichernd diese Festung in der Festung, die mein bester Freund sein eigen nennt.

Martin bewohnt eine Vier-Zimmer-Wohnung in diesem riesigen Luxuskomplex, den ich nicht mal in ein Hotel umbauen wollen würde.

Diese Dekadenz würde mich einfach erschlagen.

„Hey, Kleiner. Dein Date ist eingetrudelt. Ich hoffe, du hast dich hübsch für mich gemacht, ich habe mir nämlich sogar extra die Zehennägel lackiert und meinen Schritt rasiert. Nicht, dass du ihn zu sehen bekommen … würdest." Mir stockt der Atem. Erschrocken fährt meine Hand an meine Kehle und mir wird abwechselnd heiß und kalt.

„Kleiner? Das hat auch noch keine Frau zu mir gesagt."

In diesen privaten Räumen steht niemand anderer als mein Volvokiller von heute Morgen.

Grinst mich an.

Ekelhaft selbstgefällig.

Und sieht dabei so unverschämt gut aus, dass ich ihm am liebsten direkt eine verpassen möchte.

Seine graugrünen Augen funkeln klar und belustigt auf mich hinab, seine dunklen Haare wirken im angemessenen Stil very bad und sein Smoking ist ihm anscheinend auf den Leib gehämmert.

Allein die Tatsache, dass er auf mich *herabgrinst,* finde ich unglaublich anmaßend.

Mit meinen 1,75 m bin ich nicht unbedingt klein für eine Frau und heute trage ich Absätze.

Unbequem hohe Absätze.

„Heilige Scheiße, warum müssen Sie mich so erschrecken."
Mein Hals ist trocken, meine Stimme gleicht einem Reibeisen.

„Es war doch eher so, dass Sie einfach hier hereingeplatzt sind, ohne anzuklopfen. *Ihr* Klopfen an der Tür und ein *Herein* meinerseits wären sicherlich Warnung genug gewesen."

Was für ein … Arsch!

Ich kneife meine Augen bedrohlich zusammen, bemühe mich, mein Gift nicht todbringend zu verspritzen.

„Und wer bitte sind Sie genau, dass Sie sich erdreisten, mir die Regeln der Höflichkeit vorzubeten?"

Er schlägt lässig die Beine übereinander, während er sich gegen die Wand lehnt.

Mich mustert.

Mit durchdringendem Blick.

„Ich bete nicht. Ich weise lediglich hin. Und wenn ich mich recht erinnere …", er blickt kurz an die Decke, ehe er mich wieder einfängt mit diesen unverschämten graugrünen Augen, in meine Richtung nickt, „waren es nicht Sie, die mir unlängst Unhöflichkeit vorgeworfen hat?"

Touché, Affe.

Meine bissige Erwiderung wird durch Martins Erscheinen verschluckt. „Weißt du, mein Herz, wenn du dich nur mal annähernd wie ein Mädchen benehmen würdest, würdest du dich nicht immer in diese mehr als peinlichen Situationen befördern, die mir regelmäßig die Lachtränen in die Augen treiben."

Meine heutige Begleitung wischt sich die imaginäre Flüssigkeit aus dem Gesicht und klopft diesem feinen Pinkel auf die Schulter.

Mein Blick schießt Blitze in seine Richtung. „Und wenn du mich vorwarnen würdest, käme ich nicht andauernd in solche Situationen, du Armleuchter."

Martin übergeht meinen Einwand. „Niklas, das ist Isa. Isabell Holzer. Meine Freundin." Seine Hand gestikuliert wild. „Also nicht *MEINE* Freundin, sondern eine Freundin. Die beste." Ein schmatzender Kuss auf meine Wange, den ich mit dem Handrücken wegwische.

„Es freut mich sehr, Isabell. Mein Name ist Niklas Baringhaus."

Er streckt mir tatsächlich seine Hand entgegen. Feingliedrige, sehr gepflegte lange Finger.

Ich ergreife sie, kann mich nicht gegen den kräftigen, warmen Händedruck erwehren. Für einen kleinen Moment schnürt sich mein Rachen zusammen, während ich mir tatsächlich einbilde, dass sein Daumen über meinen Handrücken streichelt.

Fast hätte ich ihm dieses letzte Wort gegönnt.

Wäre das nicht einfach so absolut gegen meine Natur …

„Es freut Sie also. Was genau ist denn jetzt so erfreulich? Dass ich tatsächlich wie eine Frau aussehe?" Meine Wut von früher am Tag ballt sich erneut zusammen und hilft mir über die Irritation hinweg, dass sein bloßer Händedruck meinen Puls zu beschleunigen scheint.

Niklas Baringhaus schürzt siegessicher seine Lippen, schenkt mir ein durchaus geübtes Lächeln und ich wette, andere Frauen schmelzen wie Karamell einfach zu seinen Füßen beim Anblick seiner strahlendweißen Zähne.

Andere Frauen …

Aus den Augenwinkeln bekomme ich mit, wie sich bei Martin anscheinend Nervosität breitmacht. Er räuspert sich vernehmlich, noch ehe ich dieses Zahnpasta-Model in seine Schranken weise.

Dann hat er meine Anspielung durchschaut.

Er schlägt sich vor die Stirn. „Es war ihre Werkstatt, nicht wahr, Niklas? Du hast den Volvo von Isa reparieren lassen."

Martin schüttelt fast erschüttert seinen Kopf.

Das kann ich so nicht stehen lassen. „Ich habe gar nichts repariert. Der Volvo hatte lediglich zu wenig Kühlwasser und Öl im Motorraum. Jeder *Kerl* mit ein wenig Autoverstand wäre von selbst darauf gekommen. Karl hat das erledigt, obwohl dein Freund hier lieber einen *Chef* damit beauftragen wollte, diese unglaublich schwierige Aufgabe zu übernehmen."

Mit einem Blick auf den Schnösel schnurre ich regelrecht. „Dann ist der *Chef* eine Frau. Stell dir das mal vor. Ist das nicht unglaublich, Martin? Eine *FRAU*!"

Ich lächle diesem arroganten Fatzke breit ins Gesicht.

Meine Zähne sind nämlich auch schön. Hoch lebe der Kieferorthopäde.

„Es geht ihm doch wieder gut, Ihrem Volvo? Nicht, dass sich mein armer Onkel noch Vorwürfe machen muss."

„Isa, es reicht, glaube ich."

Direkt unangenehm bin ich ihm nicht. Martin hat einfach manchmal Schwierigkeiten mit meiner aufbrausenden Art.

Jetzt hat er wieder das Gefühl, er müsste sich für mein Benehmen vor einem seiner reichen Freunde rechtfertigen.

Ich kenne diesen Blick genau und verziehe verächtlich meine Mundwinkel. „Wirklich, Martin? Komm mir nicht mit diesem Ausdruck im Gesicht. Dein Freund ist ein Chauvi. Jetzt brauche ich erst mal etwas zu trinken, fürchte ich. Können wir also bitte gehen?"

Martin nickt erleichtert und ich reiche ihm meinen Arm.

Genauso wie ich es in all diesen bescheuerten Seminaren gelernt habe.

Formvollendet gurre ich diesen Adonis von der Seite an. „Herr Baringhaus, es war mir ein besonderes Vergnügen … Ach, und grüßen Sie Ihre Eier von mir."

Der Typ hat die Frechheit zu lachen. Ein tiefes Lachen, das mich kribbelig zurücklässt.

Was mich nur noch mehr gegen ihn aufbringt.

Martin zieht mich förmlich aus dem Zimmer. „ISA!"

„Was denn?", frage ich ungehalten. „Er hat doch angefangen."

Mit resigniertem Gesichtsausdruck dirigiert er mich die Treppe hinunter.

~oOo~

Niklas verweilt noch eine Weile, versucht zu begreifen, was hier soeben geschehen ist.

Das Gefühl, das ihn heute Morgen bereits beschlichen hat, ist nur allzu präsent. Er nahm an, es einfach ignorieren zu können, da er sie niemals wiedersehen würde.

Diese Frau hat ihn völlig unvermittelt getroffen.

In diesem schimmernd grünen Abendkleid, das jede einzelne ihrer weiblichen Kurven mehr als vorteilhaft zur Geltung bringt und dessen Pailletten- und Perlenstickerei mit ihren Augen um die Wette zu glitzern scheint.

Der Duft, der sie umhüllt und der noch immer hier im Raum zu schweben scheint.

Er nimmt einen tiefen Atemzug und ist sich mehr als sicher, dass Isabell Holzer unbedingt von ihm erobert werden will.

Auch wenn sie es noch nicht weiß, sie lechzt nur danach, dass er mit seinen Lippen ihren schlanken weißen Schwanenhals entlangfährt, ihr die Haarnadeln aus der Frisur zieht, den Reißverschluss ihres langen Kleides langsam öffnet und die Hände um ihre Brüste legt, bis ihre Nippel hart und rosa um seine Aufmerksamkeit betteln.

Er will sie stöhnen hören, sie soll seinen Namen keuchen, kurz bevor sie kommt.

Verdammte Scheiße, und erst recht, wenn sie kommt.

Eine unangebrachte Wärme jagt seine Wirbelsäule entlang und sein Schwanz zuckt in seiner Hose.

Diese Frau hat überhaupt keine andere Wahl.

~oOo~

Kapitel 4

Wir stehen an der Bar, warten auf unsere Drinks.

Obwohl mir nach etwas Stärkerem zumute ist, entscheide ich mich dennoch für Champagner.

Von dem ich mein erstes Glas einfach hinunterkippe, um meine Nerven zu beruhigen.

Unglaublich, dass ein Mann mich dazu bringt.

„Isa, was war das eben? So hast du dich jahrelang schon nicht mehr benommen." Martin nimmt mir die leere Schampusflöte aus der Hand und stellt sie vor sich auf die Theke, nicht, ohne direkt ein neues Glas zu ordern.

Ich zucke über mich selbst überrascht mit den Achseln. „Das war gruselig nicht? Dieser Typ hat irgendetwas an sich, das mich aufreibt."

Er schnalzt mit der Zunge, verengt seine Augen zu Schlitzen. „Pass nur auf, dass du Christina nicht auf die Füße trittst. Sie hat ihre Tentakel nach ihm ausgeworfen."

„Wann wirst du nur endlich damit aufhören, Angst vor deiner Schwester zu haben?"

„Isa, Isa, ich habe keine Angst vor meiner Schwester." Er übergibt mir ein neues Getränk, stößt mit seinem Glas leise gegen meines. „Sie ist mir nur gelegentlich ein wenig unheimlich."

Ich grinse ihn verächtlich an und durchsuche den Raum nach Christina Zimmermann.

Mein Blick bleibt auf der blonden Schönheit liegen, die sie nun mal ist.

Sie trägt ein bodenlanges rotes Neckholderkleid mit großzügigem Rückenausschnitt. Ihr langes Haar fällt ihr glatt über die rechte Schulter, das Rot ihrer Fingernägel umfasst ein Martiniglas und ergänzt die Farbe ihrer vollen, sinnlichen Lippen.

Natürliche Lippen.

Denn Christina ist nicht nur mit Geld gesegnet, sondern ungerechterweise auch mit hervorragenden Genen.

Ich habe mich selbst zwei-, dreimal dabei erwischt, neidvoll darüber nachzudenken, was ich mit solchen Haaren, Augen oder diesen unverschämt langen Beinen so alles anstellen könnte, wären es denn meine.

Sie lacht ihr glockenhelles Lachen und legt eine Hand auf Niklas Baringhaus' Oberarm, der anscheinend den Weg hier herunter gefunden zu haben scheint. Er senkt den Kopf ein wenig, wohl um besser verstehen zu können, was sie ihm zuflüstert.

Ein komisches Kribbeln fährt mir durch den Unterleib, als er dabei meinen Blick einfängt, mir zutrinkt, ohne dass Martins Schwester hiervon nur das Geringste mitbekommt.

Ich spüre Hitze auf meiner Haut und löse meine Augen viel zu schnell von diesem bildschönen Paar, diesem verstörenden Gefühl der Eifersucht, das mich beschleicht.

Martin taxiert mich mit tief gefurchter Stirn.

Ich schlucke hart und sein Schweigen verrät mir, wie es hinter seiner Stirn arbeitet. Ich nehme ihm sofort den Wind aus den Segeln, bevor er noch auf dumme Gedanken kommt. „Sie kann ihn behalten. Er platzt vor Selbstgefälligkeit ja förmlich aus seinem Smoking, diese Arschgeige."

„Sicher, Isa, sicher." Kichernd nimmt er noch einen Schluck aus seinem Glas und mir bleibt nichts anderes übrig, als in sein ansteckendes Kichern einzustimmen.

„Wirklich, Martin. Ich weiß gar nicht, was es da zu lachen gibt."

„Da kommst du schon noch drauf." Er greift nach meiner Hand, schleift mich hinter sich her. „Und jetzt lass uns tanzen, ehe die Frauen beginnen, mich zu belagern."

~oOo~

Niklas steht ein wenig abseits des Geschehens auf einem guten Beobachtungsposten.

Es ist ihm tatsächlich gelungen, Christina für einige Minuten zu entwischen.

Und diese Zeit nutzt er nun, um Isabell Holzer zu beobachten.

Diese Frau hat nichts mehr gemein mit der Chefin einer Autowerkstatt oder der Furie, die ihm noch vorhin fast die Augen ausgekratzt hätte.

Sie unterhält sich angeregt mit einem älteren Herrn, der sie mit seinen Blicken förmlich auszieht, ohne dass sie es beachten würde.

Der lüsterne Blick des Alten verschwindet ständig in ihrem Ausschnitt. Als dieser die Hand ausstreckt und besitzergreifend auf ihren Rücken legt, richtet Niklas seine Fliege und löst sich aus seinem Versteck.

Was zu weit geht, geht zu weit.

Ihr Duft umfängt ihn, kaum dass er hinter ihr zum Stehen kommt.

Seine Finger liegen nunmehr unmittelbar unter denen des alten Wüstlings auf ihrem verlängerten Rücken.

An den Herrn gerichtet, dreht er Isabell aus dessen fester Umarmung. „Entschuldigen Sie vielmals, diesen Tanz habe ich auf der Tanzkarte der Lady vermerkt."

Er spürt genau, wie sich Isabell versteift und erschrocken nach Luft schnappt.

Langsam sollte er das wirklich persönlich nehmen.

Der Alte zieht ertappt seine Hand zurück und leckt sich über die Lippen. „Bitte, bitte. Wir haben uns nur unterhalten … Es war nett, Sie wiederzusehen, Isabell."

Und dieses Weib beugt sich doch tatsächlich zu diesem Lüstling hinab und küsst ihn auf die Wange. „Das Vergnügen war ganz auf meiner Seite, Onkel Titus."

Niklas legt die Stirn in Falten. Auf noch einen Onkel war er dann nicht gefasst.

„Onkel Titus?"

Isabell Holzer hat sich tatsächlich ohne großes Aufhebens von ihm auf die Tanzfläche führen lassen.

~oOo~

„Sie brauchen gar nicht ablenken. So viel Impertinenz ist mir selten untergekommen."

Am liebsten würde ich ihm ordentlich die Meinung sagen. Hier ist jedoch definitiv nicht der richtige Ort.

Und er ist mir eindeutig zu nah.

„Impertinenz? Ich habe Sie vor diesem alten Sack gerettet. Sie könnten ein wenig dankbarer sein, Isabell."

Er haucht mir meinen Namen regelrecht gegen mein Ohrläppchen und ein Schauer rieselt über meinen Nacken.

Arschloch.

Ich versuche, es einfach nicht zu beachten.

„Mir ist selten ein derart selbstverliebter Gockel untergekommen. Sie sollten sich einen eigenen Misthaufen suchen, Herr Baringhaus." Ich drehe meinen Kopf ein wenig zur Seite. „Martins Onkel Titus ist ein reizender alter Mann. Vor ihm muss ich nicht gerettet werden."

„Das sah für mich ganz anders aus. Er konnte seinen Blick ja gar nicht aus Ihrem Dekolleté nehmen."

„Da es sich um mein Dekolleté handelt, erschließt sich mir Ihr Problem nicht so wirklich." Ich ziehe die Augenbrauen zusammen. Sicher, der alte Herr ist ein Schwerenöter.

Wenn auch ein durchaus charmanter.

Und wenn ich ehrlich bin, geht es mir gehörig gegen den Strich, mit welcher Selbstgefälligkeit Niklas Baringhaus mich wie sein Eigentum behandelt. „Wie anmaßend Sie sind."

„Warum? Weil ich auf Sie achte?" Seine Hand auf meinem Rücken presst mich näher gegen seinen Körper und für einige Herzschläge muss ich mich sehr auf die Musik konzentrieren, um ihm nicht auf seine Füße zu trampeln.

Himmel, der Kerl treibt mich noch in den Wahnsinn.

„Allein der Gedanke, dass Sie auf mich Acht geben müssten, ist durchaus anmaßend. Wir kennen uns überhaupt nicht. Wenn ich ehrlich bin, kann ich Sie noch nicht mal sonderlich gut leiden. Und ich bin weder Ihr Mündel noch Ihre Angetraute. Insofern …"

„Aus welchem Grund sind Sie nur so bissig? Anstatt diesen Tanz zu genießen und sich davon zu überzeugen, dass ich gar nicht so ein Ekel bin, wie Sie es anscheinend in mir sehen, meckern Sie ständig an mir herum. Ich hätte mir eine etwas handzahmere Tanzpartnerin suchen können."

Da bleibt mir doch glatt die Spucke weg.

Ich suche seinen Blick und das tiefe Grinsen in seinem Gesicht lässt mich nur noch mehr aus der Haut fahren. „Entschuldigen Sie bitte, Sie sind jetzt hoffentlich nicht der Meinung, ich müsste Ihnen dankbar sein für diese … diese … vermeintliche Rettung vor einem alten Mann, dessen Frau nur noch über einen einzigen Gesichtsausdruck verfügt."

„Sind Sie eigentlich immer so leidenschaftlich, Isabell?" Er leckt sich über seine Lippen und ich kann nicht anders, als seine Zungenspitze dabei zu beobachten, wie sie eine glänzende Spur hinterlässt.

Was natürlich von ihm weder unbemerkt noch unkommentiert bleibt.

Einen Mundwinkel frech nach oben verzogen, blitzen mich seine graugrünen Augen amüsiert an. „Oh ja, das sind Sie, nicht wahr?"

Er senkt seinen Kopf.

Mein Herz klopft unangemessen hinter meinem Brustkorb.

Dann spüre ich seinen heißen Atem an meinem Hals. „Es wird mir ein Vergnügen sein, davon zu kosten, Isabell." Er presst seine Lippen auf die dünne Haut unter meinem Ohrläppchen.

Das hier passiert doch nicht wirklich. Ich bin gefangen in einem Traum. Einem Albtraum.

Und doch bin ich nicht fähig, mich von ihm zu lösen.
Ihm eine Ohrfeige zu verabreichen, die sich gewaschen hat.

Mein Knie in seine Weichteile zu versenken.

Nein, das schafft die kleine Isabell nicht.

Ich schließe einfach völlig minderbemittelt meine Augen, atme viel zu schnell, schaffe es so gerade eben noch, ein völlig deplatziertes Stöhnen zu unterdrücken, indem ich mir selbst auf die Unterlippe beiße.

Er riecht so verdammt gut.

Ogottogottogott.

Kapitel 5

„Verzeihung, ich fürchte, ich muss eure kleine Interaktion hier leider unterbrechen."

Martins Stimme findet wirklich nur äußerst langsam den Weg in mein Bewusstsein.

Dafür sehr wohl mit einer Wucht, die mich schwindelig werden lässt.

Man kann uns beobachten!

„Scheiße!" Diesen unverschämten Mistkerl schiebe ich von mir.

Starre in sein überhebliches Gesicht.

Er hat noch nicht mal den Anstand beschämt auszusehen.

Ganz im Gegenteil.

Mit einem siegessicheren Lächeln übergibt er mich an Martin. „Es war mir ein Vergnügen, kleine Kratzbürste."

Damit wendet er sich ab, verschwindet in der Menge.

Und ich erstarre wie vom Donner gerührt. Unfähig, einen klaren Gedanken zu fassen.

Doch Martin erlöst mich ziemlich schnell.

„Verflixt, Isa. Ich hatte dir gesagt, dass Christina ein Auge auf ihn geworfen hat."

Ich räuspere mich. Versuche diese aufkeimende Beunruhigung einfach wieder herunterzuschlucken.

So ganz will es mir nicht gelingen.

„Wie kommst du darauf, dass ich irgendetwas mit diesem Schmierlappen anfangen könnte?""

„Ich bin nicht blind." Aufgebracht fährt er sich durch die Haare. „Es hätte nicht viel gefehlt und ihr hättet mitten auf der Tanzfläche ein Nümmerchen geschoben."

Die Bestimmtheit seiner Tonlage macht mir klar, dass er völlig recht hat.

Was mich nicht unbedingt ruhiger stimmt.

In Gottes Namen, welcher Teufel hat mich da nur geritten?

Mit geradem Rücken und gestrafften Schultern fummele ich eine verirrte Haarsträhne zurück in meine Frisur, bemühe mich um Contenance. „Dann sollte deine Schwester sich beeilen. Wenn er mir noch einmal zu nah kommt …", ein imaginärer Fussel findet seinen Weg von Martins Revers ehe ich ihm fest in die Augen sehe, „… schneide ich ihm die Eier ab und stopfe sie ihm in seinen wohlgeformten Arsch." Meine Mundwinkel verziehen sich süffisant. „Und jetzt lass uns eine Kleinigkeit trinken, mein Schatz. Irgendwie habe ich einen verflucht trockenen Hals."

Er verdreht die Augen. Ich küsse ihn auf die Wange. „Jetzt brauche ich definitiv etwas Stärkeres als Champagner. Das war zu viel für meine Nerven. Meine beste Freundin steht mit einem Mann in der Ecke und macht rum. Das hat es ja noch nie gegeben." Er kratzt sich über den Hinterkopf.

„Martin, du spielst mit deinem ach so jungen Leben." Mein Finger bohrt sich in seine Brust, er umfängt ihn, platziert einen Kuss auf dessen Spitze.

„Wirklich, Isa. Ich könnte mich durchaus an den Gedanken gewöhnen. Wenn es nur nicht eben Niklas Baringhaus wäre."

Ich ziehe ihn hinter mir her zur Bar. „Wenn ich diesen Namen heute noch einmal höre, schreie ich."

Er lacht.

Ist er nicht unglaublich witzig?

~oOo~

Wow. Das war sowas von absolut … dumm.

Dumm und unüberlegt.

Wütend über sich selbst, schlägt er seine Faust gegen den Baumstamm.

Er hatte gehofft, dass die Nachtluft ihn ein wenig abkühlt, also ist er an den Partygästen vorbei, direkt in den Garten.

Tja, und hier steht er nun.

Anstatt sie für sich zu gewinnen, hat er sie jetzt mit allerhöchster Wahrscheinlichkeit endgültig verschreckt.

Fantastisch, Baringhaus.

Dieses Weibsbild hat irgendetwas an sich, das ihn völlig irrational handeln lässt.

Normalerweise fällt er nicht mit der Tür ins Haus. Niemals.

Und dann ausgerechnet heute.

Mit der Abrissbirne.

Er bewegt die Finger seiner Faust, überlegt, ob der Stamm noch einen Schlag vertragen kann, als er das Knacken der Äste hinter sich vernimmt.

Tief zieht er Luft in die Lungen, beherrscht sich, schiebt die Hand in die Hosentasche.

„Niklas? Was machst du denn hier draußen? Ich habe dich bereits überall gesucht."

„Christina." Niklas schließt die Lider. „Ich hatte das Bedürfnis nach Frischluft."

Die blonde Frau kommt neben ihm zum Stehen, wirft ihr Haar über die Schulter und präsentiert ihre üppige Oberweite.

Bis gerade eben war er sich gar nicht bewusst, wie sehr ihn das anödet.

Er zwingt sich zu einem Lächeln, als er das Glas Scotch entgegennimmt, dass sie ihm vor die Nase hält.

„Das hat hoffentlich nichts mit der kleinen Autoschrauberin zu tun, mit der du gerade getanzt hast."

Die unterschwellige Aggression in Christinas Stimme lässt ihn aufhorchen.

„Höre ich eine Nuance Mißmut aus deinem Vorwurf, meine Liebe?"

„Wäre das denn angebracht?" Sie fängt seinen Blick ein und nimmt einen tiefen Schluck aus ihrem eigenen Glas.

„Für wen wäre das wichtig?" Er hält ihrem Blick stand, der sich kurz verfinstert.

Er könnte sich auch irren, in Anbetracht der Dunkelheit um sie herum.

Nein, Christina ist keine Frau, bei der er ein weiteres Mal schwach wird.

Es wird Zeit, dass sie das endlich begreift.

Doch er hätte ebenso gut auf Suaheli sprechen können.

Mit der Ignoranz einer Christina Zimmermann legt sie ihm nonchalant ihre Hand auf den Unterarm. „Komm wieder mit rein, Niklas. Ich wollte dich noch jemandem vorstellen." Der Honig in ihrer Stimme ist sicherlich perfektioniert zu locken.

Und weiß Gott, er ist ihr einmal ins Netz gegangen.

Dass es ein Fehler war, wird ihm immer mehr bewusst. Ihre Besitzansprüche nehmen überhand.

Noch ziehen sie einen gegenseitigen Nutzen aus dem Anderen.

Sollte sich Christina andererseits erdreisten und in seinem Privatleben zu stochern, wird es allerhöchste Zeit für ein klärendes Wort.

Er verengt seine Augen zu Schlitzen. „Sicher, ich komme sofort."

„Dann lass mich nicht zu lange warten." Das rauchige Timbre ihres Singsangs unterstreicht sie durch die Bewegung ihres Fingers, der auffordernd die Knopfleiste seines Hemdes entlangstreift, nur um provokant auf seinem Schritt liegenzubleiben. Sie folgt ihrer eigenen Bewegung mit leuchtenden Augen, befeuchtet ihre rot geschminkten Lippen und er fragt sich wiederholt, was er jemals an dieser Frau gefunden hat.

Niklas schnappt nach ihrem Handgelenk, löst sie von seiner Hose.

Christina keucht kurz auf, interpretiert seine Bewegung anscheinend als Zustimmung. Der unmittelbar darauf folgende laszive Augenaufschlag bestätigt nur seine Vermutung.

Ihre Vorliebe für harten Sex ist ihm durchaus im Gedächtnis geblieben. „Nikki, es gibt hier einen wundervollen Pavillon. Du musst nur etwas sagen …"

Martins Schwester war eine nette Episode.

Nichts, was es zu wiederholen gilt.

Niklas trinkt seinen Scotch in einem Zug aus, ehe er ihr das leere Glas in die Hand drückt.

„Wie ich es dir bereits sagte, ich komme sofort."

~oOo~

Meine Füße bringen mich um.

Ich muss Oma zustimmen, ich werde wieder barfuß nach Hause kommen. Ich habe einfach zu viel getanzt.

Und vielleicht ein Gläschen zu viel getrunken. Allerhöchste Zeit für mich zu gehen.

Meinem Tanzpartner, dessen Namen ich bereits wieder vergessen habe, nachdem er mir ein zweites Mal auf die Zehen gestiefelt ist, schenke ich ein entschuldigendes Lächeln und mache mich auf die Suche nach Martin um mich zu verabschieden.

Aber das gestaltet sich tatsächlich schwieriger als vermutet.

An der Treppe zu seinen Räumen rauscht seine Schwester an mir vorbei. Aufgewühlt, irgendwie derangiert und ohne mich überhaupt wahrzunehmen.

Ein wenig verwundert ob ihres Zustands erspare ich ihr die Frage, ob sie ihn vielleicht irgendwo gesehen hat. Wahrscheinlich steht er eh in irgendeinem der unzähligen Badezimmer dieses Hauses und vögelt eine neue Telefonnummer für sein schwarzes Buch gegen die Wand.

Es hat eigentlich überhaupt keinen tieferen Sinn, dass ich ständig seine Alibibegleitung spiele; am Ende des Abends läuft er sowieso wieder in die Falle irgendeiner aufgehübschten Barbie.

Nach welchen Kriterien er sich diese Damen aussucht wird wohl auf Ewig sein Geheimnis bleiben.

Auf eine gepflegte Konversation legt er dabei jedenfalls keinen Wert. Die Begabungen der Auserwählten liegen hier eindeutig woanders.

Ich streife meine Sandalen von den Füßen und atme tief durch.

Wirklich, man sollte den Frauen ein Denkmal errichten, die den ganzen Tag in diesen Dingern aushalten, ohne nur einmal aufzumucken.

Ich für meinen Teil hänge sie mir lieber über den Zeigefinger und lasse die Absätze gen Boden baumeln, während ich Stufe für Stufe meine schmerzenden Zehen recke und strecke.

Einfach himmlisch.

„Martin, bist du hier? Ich würde gerne nach Hause fahren … Schätzchen?" Mein Klopfen bleibt unbeantwortet. Das ist nichts Neues, weshalb ich die Tür einfach öffne.

Jemand sollte ihm mal ans Herz legen, diese abzuschließen, wenn Gäste im Haus sind.

„Martin? Ich bin angeschickert und meine Füße brennen. Ich möchte nach Hause."

Ein Geräusch lässt mich aufhorchen. Die Person, die sich aus dem Schatten löst ist eindeutig zu imposant für einen Martin Zimmermann.

„Martin ist nicht hier, Kratzbürste."

Ich habe aber auch ein Pech!

„Sie schon wieder! Was treiben Sie denn hier oben?"

„Das gleiche könnte ich Sie fragen."

Jetzt schlägt´s gleich dreizehn …

„Werden Sie mal nicht unverschämt. Also … haben Sie unten nichts zu erledigen?"

Er lehnt sich in den Türrahmen ohne ein Wort zu sagen.

Mein Nacken beginnt zu prickeln und mein Brustkorb hebt und senkt sich unter diesem intensiven Blick.

Ich drohe in den Tiefen seiner Augen zu versinken. Dass er sich noch immer in Schweigen hüllt, beginnt langsam mich zu irritieren.

Ich werde ihm nicht ausweichen.

Sofort spüre ich wieder diese Hitze auf meiner Haut, die er vorhin so zart geküsst hat. Ich unterdrücke den Impuls, die Stelle mit meinen Fingern zu berühren.

Langsam hebt sich eine seiner schön geschwungenen Augenbrauen und kleine Fältchen bilden sich um seine Augen.

Mit einer Hand massiert er seine Nasenwurzel, als er endlich von mir ablässt, mich freigibt aus dieser hypnotischen Atmosphäre.

Ich atme tief ein und spüre, dass ich es anscheinend kurzzeitig vergessen habe.

Was geschieht hier nur?

Kapitel 6

„Sie sollten lieber von hier verschwinden, Isabell." Niklas Baringhaus hebt seinen Kopf, sieht mich an.

Es liegt etwas in seiner Art, mit mir zu sprechen, das Stromstöße durch meinen Unterleib zu jagen scheint. Ein innerliches Zittern ergreift von mir Besitz.

„Finden Sie?" Mein Mund ist plötzlich staubtrocken und mein Instinkt rät mir, ihm lieber zu gehorchen.

Schnellstmöglich die Flucht anzutreten.

Dennoch bleibe ich wie angewurzelt stehen, meine Sandalen noch immer an den Fingern.

„Das finde ich nicht nur, ich rate es Ihnen sogar." Er kommt gemächlich einen Schritt auf mich zu.

Dann noch einen.

Geschmeidig wie eine Raubkatze auf der Jagd.

Und ich befinde mich definitiv in einer Schockstarre.

Bereits zum zweiten Mal an diesem Abend.

Mein Atem geht rasselnd und das Schlucken will mir nicht gelingen. Wie gebannt beobachte ich diesen schönen Mann, der sich mir kontinuierlich nähert. Das Spiel seiner Muskeln unter dem weißen Hemd.

Das Glas in seiner linken Hand verschwindet in einer Regalwand, mit der rechten öffnet er seinen Querbinder, den obersten Knopf seines Hemdkragens. Die Jacke seines Smokings trägt er bereits nicht mehr.

Adrenalin jagt durch meinen Körper, doch anstatt mich zu Höchstleistungen anzuspornen, fallen lediglich meine Schuhe scheppernd neben mir auf den Boden.

Er lacht. Ein leises, kehliges Lachen, das unmittelbar in meinem Höschen landet.

Verfluchter Mist, verdammter.

Unfähig, auch nur einen einzigen klaren Gedanken zu fassen, schließe ich meine Augen.

Soll er einfach machen … dann habe ich es hinter mir …

Niklas steht vor mir. Die Wärme, die er ausstrahlt, lässt meinen Körper glühen.

Seine Hände umfassen mein Gesicht, das ich ihm nur zu gerne entgegenhebe. Ich wage ein Blinzeln unter halb geöffneten Lidern. Seine Iriden scheinen über mein Gesicht zu tanzen auf der Suche nach einem Zeichen meiner Abweisung.

Welches er darin nicht finden wird.

Sein Blick ist dunkel und ein wenig verhangen. Niklas' Daumen umkreist meinen Mund. Der Druck auf meinen Brustkorb nimmt zu und meine Brüste sind eingezwängt hinter dem Bustier meines Kleides.

Dieses vorhin noch so mühsam unterdrückte Keuchen findet nunmehr den Weg über meine Lippen, die er sofort mit seinen verschließt.

Er verweilt einen Moment reglos, erst als ich meine Hände um seinen Nacken lege, meine Finger in seinem Haar vergrabe, kommt Leben in ihn. Er knabbert, kostet, verlangt mit seiner Zunge Einlass in meinen Mund, den ich ihm nur zu gern gewähre. Sein Kuss ist fordernd und sanft.

Der Geschmack des Scotchs liegt noch auf seinen Lippen und macht mich betrunken und süchtig zugleich.

Das alles ist mir definitiv zu viel des Guten.

Sein Geruch, sein Geschmack, seine Berührung.

Meine Knie beginnen, unter meinem Gewicht nachzugeben.

Niklas' Handinnenflächen streichen über die Außenseite meiner Arme, über meinen Rücken, bleiben kurz auf meinem Po liegen. Ich drücke mich näher an ihn, aus Angst, den Halt zu verlieren.

Ich reibe mich an seinem Schritt, was ihn aufstöhnen lässt.

Mit den Fingerspitzen zeichnet er den Ausschnitt meines Kleides nach, umfasst meine Brust, die sich in seine Hand zu schmiegen scheint, als wäre sie eigens dafür gemacht. Er reizt sie durch den seidigen Stoff und ich beginne, dieses Kleid zu verfluchen.

„Scheiße, Isabell. So sollte das nicht laufen." Er kitzelt einen Kuss auf meinen Hals, leckt über meinen Puls.

Ich bin Wachs in seinen Händen. „… völlig egal …"

Nicht aufhören … nur nicht aufhören …

Seine Erektion drängt sich hart und fordernd zwischen uns und ich lasse meine Hand wandern, umfasse sie durch den Stoff seiner Hose. Er beißt mir behutsam in die Unterlippe und zwischen meinen Beinen pocht es mehr als nur ungeduldig.

„Ich habe dir gesagt, dass du verschwinden sollst. Ich habe mich nicht unter Kontrolle, wenn du nur in meiner Sichtweite bist."

„Ich höre grundsätzlich nicht auf chauvinistische Arschlöcher." Er verschließt meinen Mund mit seinem, bringt mich so zum Schweigen.

Langsam öffne ich den Reißverschluss seiner Hose, dann den Knopf und schiebe meine Finger unter den Bund seiner Shorts. Seine Härte zuckt in meiner Hand, wird größer und sein Kuss heiß und zielstrebiger.

Ich wünschte nur, er würde mir endlich das Kleid öffnen, bevor ich es einfach zerreiße, damit er mich anständig berühren kann.

Endlich beginnt er, die kleinen Häkchen in meinem Rücken zu öffnen, und ich atme erleichtert auf. Mein Höschen ist bereits völlig durchnässt und selbst wenn ich weiterhin meine Beine zusammendrücke, verschafft es mir längst keine Linderung mehr.

Ich will ihn spüren.

An mir, in mir. Und zwar sofort.

„Was wird das hier? Eine Peepshow? Oh, ich gebe gern unten Bescheid. Vielleicht möchte noch jemand anderes zusehen."

NeinNeinNein! Mir wird schlecht.

Atemlos prallen unsere Zähne gegeneinander, der Schreck fährt mir durch die Glieder. Mit zusammengekniffenen Augen hege ich die Hoffnung, dass sich der Boden unter mir auftut und mich einfach verschluckt.

„Christina." Niklas bringt den Namen voller Verachtung durch seine Zähne, steht ihrem schneidenden Ton in nichts nach.

Schützend stellt er sich vor mich, ungeachtet seiner geöffneten Hose. Und ich spüre, wie ich immer kleiner zu werden scheine hinter seinem Rücken.

„Ganz recht. Ich wollte unser Gespräch von gerade eben nicht so im Raum stehen lassen, also bin ich einfach noch mal zurückgekommen." Ihr vernichtender Ton vermittelt mir urplötzlich das bisher fehlende Verständnis für Martin, der stets respektvollen Abstand zu seiner Schwester hält.

„Und wie mir scheint, gerade noch rechtzeitig." Christina Zimmermann stemmt die Arme in die Mitte. Tötet mich mit ihren Blicken.

Gerade bin ich zu verletzlich, um das wegzustecken.

Wie ich es unter anderen Umständen zu tun pflege.

Hektisch wende ich mich ab, versuche verzweifelt, den Weg ins Badezimmer zu finden, ohne dass einer der beiden meine Verfassung durchschaut.

Mein Kleid im Rücken zusammengefasst, breche ich förmlich zusammen, kaum, dass die Tür sich hinter mir geschlossen hat.

Was habe ich mir nur gedacht? Ich bin doch kein Teenager mehr.

Zudem befinde ich mich mitten auf einer Upper-Class-Party und nicht in irgendeiner Umkleidekabine auf dem Sportplatz.

Aus welchem Grund war ich außerstande, dem Einhalt zu gebieten?

Nein zu sagen?

Oder war einfach nur schlau genug, um abzuschließen?

Es nützt nichts. Ich wische mir die Tränen von den Wangen und erhebe mich langsam aus meiner hockenden

Position. Ich muss mich einigermaßen restaurieren, um hier so unauffällig wie möglich verschwinden zu können.

Von nebenan dringen die lauten Stimmen von Christina und Niklas an meine Ohren und ich presse erneut die Lider zusammen, wünsche mich weit weg.

Selbstverständlich vergebens.

Meine Lippen sind geschwollen und pochen unwillig. Meine Wangen sind hübsch gerötet, ebenso wie meine Augen.

Die verschmierte Mascara übersehe ich dabei geflissentlich.

„Isa, Isa. Du bist wirklich ein dummes Suppenhuhn. Wie willst du das jemals irgendjemandem erklären?"
Dieses erbärmlich dreinblickende Spiegelbild hat keine Antworten für mich.

Wie konnte ich mich nur zu so was hinreißen lassen?

Das war von Beginn an zum Scheitern verurteilt.

Isabell und Männer? Das ist einfach nur lächerlich!

Siedendheiß stiehlt sich Martin in meine Erinnerung und ich lege geschlagen die Stirn gegen mein kühles Abbild.

Scheiße, Isabell. Das hast du so richtig verkackt!

Wieder beginnt meine Nase verräterisch zu kribbeln und ich puste Luft aus meinen Lungen, während ich die Augen gen Decke verdrehe, um die erneut drohenden Tränen aufzuhalten.

Die Terrasse.

Plötzlich erhöht sich mein Puls.

Ich muss irgendwie in Martins Schlafzimmer gelangen. Von dort komme ich auf die Terrasse.

Mit gefurchter Stirn verschließe ich mein Kleid im Rücken wieder, so gut ich kann, und lausche hinaus.

Die beiden streiten noch immer.

Irgendwie bin ich wohl zur Nebensache degradiert.

Ich schlucke den dicken Kloß in meinem Hals herunter.

Darüber kannst du dir jetzt nicht den Kopf zerbrechen, Isabell Holzer. Du musst vor allen Dingen eines – raus hier. Und zwar schnell.

Vorsichtig öffne ich die Tür, raffe mein Kleid zusammen und bete, dass es nur minimal raschelt, während ich durch den Flur schleiche.

Und tatsächlich … mir gelingt die Flucht.

Ohne Schuhe, ohne Tasche.

Dafür behalte ich meinen Stolz.

Das ist umso vieles mehr wert als hochhackige Sandalen und eine Tasche, in der ich noch nicht mal einen Knarrenkasten verstauen kann.

Auf der Terrasse angekommen, klettere ich über den Rosenbogen in den Hof und erfreue mich kurzzeitig an diesem herrlichen Klischee, das er gerade zu bedienen scheint.

Sei es nur, um der holden Jungfrau zur Flucht zu verhelfen, wenn der Prinz diesen schon nicht zur Hilfe nimmt, um die Jungfrau zu entführen.

Barfuß mache ich mich auf die Suche nach Hans. In der Regel steht er hier irgendwo auf Abruf bereit.

Wie erwartet lehnt er gegen den Bentley, unterhält sich mit einem der anderen Fahrer. Als er mich erblickt, verabschiedet er sich unverzüglich und kommt um das Auto herum, um mir hineinzuhelfen.

Kein Wort verliert er über meinen Aufzug und ich möchte mich auch nicht erklären.

Ich bin einfach nur dankbar, dass ich endlich einen Moment finde, um mich zu sortieren.

Das Durcheinander in mir mit mir selbst in Einklang zu bringen.

Blind starre ich auf die vorbeirauschende nachtschwarze Landschaft und ziehe mir die Nadeln aus dem Haar. Wie eine wilde Flut fällt es mir schwer über den Rücken. Mit den Fingern massiere ich meine Kopfhaut, durchkämme die Locken und öffne das Fenster ein Stück. Kühle mein Gesicht in der Nachtluft.

Vielleicht nimmt der Fahrtwind meine Gedanken und Erinnerungen an den heutigen Abend einfach mit, schenkt mir ein befreiendes Gefühl von Leere.

Da habe ich nun meinen Kürbis um Mitternacht, Omilein.

Weitere Tränen verbiete ich mir.

~oOo~

Niklas möchte ihr am liebsten den Hals umdrehen.

Hatte er sich nicht klar genug ausgedrückt?

Was muss geschehen, damit Christina endlich begreift, dass er nicht ihr Eigentum ist? Es niemals war.

Dass es keine Fortsetzung dieser kleinen zwischenmenschlichen Begebenheit geben wird?

Jetzt steht sie ihm gegenüber und faucht ihn an wie eine betrogene, in ihrem Stolz verletzte Ehefrau.

Ja, in ihrem Stolz ist sie verletzt.

Wie könne er, Niklas, es nur wagen, sie, Christina, derart vorzuführen? Vor ihren Freunden, ihrer Familie?

Er ertappt sich dabei, nicht mehr zuzuhören.

Sie ist derart narzisstisch, dass ihm die Galle hochkommt.

Nur gut, dass Isa die Flucht ins Bad angetreten hat.

Das hier möchte er ihr wirklich ersparen.

Auch wenn er davon ausgeht, dass sie als beste Freundin von Martin durchaus eine Vorstellung davon hat, wie dessen Schwester in bestimmten Situation zu reagieren scheint.

Als Christina endlich verschwindet, erwartungsgemäß nicht ohne die perfide Drohung in den Raum zu werfen, dass er früher oder später merken werde, was er davon habe, wendet er sich unverzüglich ab, um nach Isa zu sehen.

Niklas klopft an die Badezimmertür.

Es bleibt alles still.

„Isabell? Bitte öffne die Tür. Sie ist weg."

Er legt seine Stirn gegen die Zarge. „Bitte, Isabell. Es tut mir leid. Ich habe nicht damit gerechnet, dass sie hier erscheint."

„Ich hoffe nicht, du lebst in dem Irrglauben, Isa könnte sich noch in diesen Räumen befinden."

Erschrocken fährt Niklas zusammen.

Martin steht im Flur mit gerunzelter Stirn und Isas Sandalen in der Hand.

„Wo sollte sie sonst sein? Sie ist ins Bad geflüchtet, als deine Schwester plötzlich aufgetaucht ist."

„Tja, und ich denke, sie ist von dort ohne Umwege auf meine Terrasse und in den Hof. Ich habe sie noch in den Bentley steigen sehen und war ein wenig verwundert, dass sie sich nicht verabschiedet hat. Das sieht ihr nämlich so gar nicht ähnlich, musst du wissen."

„Fuck!" Seine Hand schlägt ein letztes Mal gegen die Tür.

„Allerdings. Verdammt, Niklas. Isa ist nicht so ein Mädchen." Ungehalten fährt sich Martin durch seine Haare, ehe er sich nach Isabells Tasche bückt.

„Meinst du vielleicht, ich hätte es darauf angelegt?" Niklas spürt, wie er die Geduld verliert. Nach Christinas Wutausbruch ist er nicht in der Verfassung, sich jetzt noch mit Martin auseinanderzusetzen.

Vielmehr hat er das Verlangen, mit Isabell zu sprechen. Diese Misere irgendwie aus der Welt zu schaffen.

Martin begegnet Niklas' Blick mit Unmut. „Ich kenne Isa bereits mein ganzes Leben und egal, was auch immer hier oben gerade passiert ist … ihr Abgang spricht Bände. Und es ist an mir, das irgendwie wieder in Ordnung zu bringen. Denn damit eines klar ist, *du* lässt deine Finger von ihr. Sie wird nicht eine deiner Eroberungen."

„Martin, ich denke nicht, dass du das zu entscheiden hast."

„Und ob ich das habe. Sie hat es schwer genug und ein Weiberheld ist mit Sicherheit das Letzte, was sie jetzt gebrauchen kann. Halte du dich an Frauen wie meine Schwester. Sie spielen eher in deiner Liga, Niklas Baringhaus." Mit einem wütenden Funkeln in den Augen klemmt er sich Isabells Habseligkeiten unter den Arm. „Nichts für ungut, du bist nicht gut genug für Isabell Holzer."

Ehe er seine Wohnung verlässt, dreht er sich noch einmal um. „Zieh die Tür hinter dir zu, wenn du gehst."
Niklas widersteht dem Drang, seine Faust in die Wand vor sich zu rammen.

~oOo~

Erneut suche ich einen Kiesel aus dem Blumenbeet meiner Großmutter und werfe ihn an ihr Fenster.

Mittlerweile lasse ich den Tränen freien Lauf.

Ich zergehe in Selbstmitleid. Denn das ist so unglaublich einfach.

Hingegen auch immens befreiend.

Man sollte diesen Tag komplett aus dem Kalender streichen.

Angefangen mit diesem bedauernswerten Volvo. Über dessen Fahrer möchte ich erst gar nicht nachdenken.
Der nächste Stein trifft das Fenster meiner Oma derart heftig, dass ich befürchte, die Scheibe platzt.

Endlich rührt sich was. Ich sehe, wie sie ihr Nachtlicht einschaltet.

Sekunden später lugt ihr Gesicht in die Nacht. „Hallo? Ist da jemand?"

Sie klingt zittrig und ich bekomme sofort ein schlechtes Gewissen.

„Ich bin's, Oma. Machst du mir auf? Ich habe keinen Schlüssel."

Fahrig wische ich mir die Tränen aus dem Gesicht.

„Isa? Um Gottes willen, Kind! Ich komme runter. Bleib, wo du bist."

Jetzt muss ich trotz allem schmunzeln. Wo sollte ich denn hingehen?

Schon steht sie im Eingang. Mustert mich mit den geübten Augen einer alten weisen Frau. „Na, dieser Abend war wohl kein Erfolg, hm?"

Ich kann nur den Kopf schütteln, ehe ich erneut in Tränen ausbreche.

Himmel, dass ich eine solche Heulsuse bin, ist mir absolut neu!

Oma reißt mich in ihre großmütterlichen Arme und zieht mich ins Haus.

„Komm, ich mache uns erst mal einen heißen Kakao mit verflucht viel Sahne. Und dann erzählst du mir, warum du ohne Schlüssel und Schuhe nach Hause kommst."

Lediglich zu einem Nicken fähig, ziehe ich meine Nase hoch.

Bestimmt drückt sie mich auf die Sitzbank. Die Zeit, die sie damit zubringt, Milch für den Kakao zu erhitzen, nutze ich, um mich irgendwie wieder zu sammeln.

„Möchtest du mir erzählen, wo du deine Schuhe gelassen hast?"

„Auf der Treppe verloren … es war Mitternacht und ich musste schnell weg, ehe sich die Pferde vor aller Augen wieder in Mäuse verwandeln." Ich schnäuze in ein Taschentuch.

Oma dreht sich kurz in meine Richtung, öffnet den Mund, als wolle sie etwas sagen. Überlegt es sich dann anders. Lautstark holt sie zwei Tassen aus dem Schrank und stellt sie vor mir auf den Tisch.

„Wo ist Martin?"

„Ich hoffe, er tanzt sich Blasen an die Füße."

Mit einem tiefen Seufzer kippt sie den Kakao aus dem Topf in die Tassen, sprüht eine Sahnehaube darauf, die ihresgleichen sucht, und lässt sich neben mir nieder. Greift nach meiner Hand und streicht mir die Haare hinter die Ohren.

„Es ist okay, wenn du über deinen desolaten Zustand jetzt nicht sprechen möchtest. Und das Kleid bekomme ich irgendwie wieder hin." Sie betrachtet kurz den langen Riss am Saum meiner Robe, sucht erneut meinen Blick, hebt mit dem Zeigefinger mein Kinn. „Es ist jedoch nicht in Ordnung, wenn du verweint und sichtlich aufgelöst wieder zu Hause erscheinst, obwohl ich dich bei Martin in guten Händen vermute. Sollte also irgendjemand aus *gutem Hause* dafür verantwortlich sein, dass es dir nicht gut geht, bekommt er es mit mir zu tun. Klar?"

Ich nicke, blinzle die erneuten Tränen fort. Sie küsst meine Stirn. „Du musst deine Füße waschen, ehe du zu Bett gehst. Sie sind schwarz."

Ich beginne zu kichern.

Das kann nur meine Oma. Sie hat es bisher immer geschafft, mich aus dem tiefsten Loch wieder herauszuholen.

„Ach Omilein, als würde ich mit dreckigen Füßen ins Bett kriechen."

„Das gäbe wahrlich eine ordentliche Schweinerei."
Ein Geräusch an der Tür lässt uns aufhorchen, und als ich das Drehen eines Haustürschlüssels zu vernehmen vermute, macht mein Herz einen Satz.

Natürlich wird Martin nach mir sehen, wenn ich einfach verschwinde, ohne ihm Bescheid zu geben.

Wärme breitet sich in meinem Bauch aus.

„Aha. Da kommt wohl jemand und bringt dir deine Schlüssel."
Mein bester Freund blickt verwundert in unsere Gesichter, als er uns in der Küche sitzen sieht.

„Guten Morgen, die Damen."

Meine Großmutter lächelt, auch wenn sie noch nicht ganz versöhnt ist mit den Geschehnissen, von denen ich ihr ja noch gar nicht berichtet habe.

Sie erhebt sich, küsst noch einmal meinen Scheitel. „Wenn etwas sein sollte, lass es mich wissen. Ich glaube, ich lasse euch jetzt allein."

Eine Hand auf Martins Schulter drückt er seine Wange gegen ihre Finger. „Es ist alles in Ordnung, Oma. Ich bin sofort her, als ich gemerkt habe, dass Isa verschwunden ist."
„Du hättest dafür Sorge tragen müssen, dass sie erst gar nicht verschwindet, du blöder Kerl."

Martin wirkt zerknirscht. „Ja, ich weiß."

„Ich gehe schlafen. Macht nicht so einen Krach, wenn ihr euch anschreit." Und weg ist sie.

„Darf ich mich zu dir setzen?"

„Was ist das für eine Frage? Du kannst Omas Kakao trinken. Sie hat ihn gar nicht angerührt."

Ich nehme selbst einen kräftigen Schluck aus meiner Tasse und lecke mir die Sahne von der Oberlippe.

„Was ist da vorhin passiert, Isa?"

„Ich möchte nicht darüber reden."

Tiefe Falten ziehen sich über sein Nasenbein, während er die Tasse zwischen seinen Händen dreht.

„Okay … nur zu meinem besseren Verständnis … du hältst dich mit Niklas Baringhaus in meiner Wohnung auf und verschwindest dann mir nichts, dir nichts über den Rosenbogen. Ohne Tasche und Schuhe. Und ohne mir Bescheid zu geben."

„Genau."

„Und du möchtest nicht darüber reden."

„Auch das ist richtig."

„Es ist offensichtlich, dass du geweint hast."

Ich verdrehe die Augen.

„Also stimmt auch das …" Er schlägt mit der flachen Hand auf den Tisch. „Ich hätte ihm direkt eine aufs Maul geben sollen."

Jetzt ziehe ich meine Augenbrauen überrascht in die Höhe. „Tatsächlich?"

Er blickt mich an und die Entschlossenheit in seinem Blick zeigt mir eine eher unbekannte Seite meines besten Freundes.

„Da kannst du Gift drauf nehmen." Er ballt seine Hand zur Faust. Ich lege meine Finger darüber.

„Mach dir keine Sorgen. Mir geht es gut." Mit einem Lächeln versuche ich, ihn zu besänftigen. „Nimm noch einen Schluck vom Kakao. Der ganze Zucker darin entspannt."

Er schnaubt. „Wirklich, Isa, manchmal bist du unmöglich."

„Glaub mir, das höre ich heute nicht zum ersten Mal."

Kapitel 8

Es ist Sonntag. Ich könnte ausschlafen. Eigentlich.

Martin ist erst gegen 3:00 Uhr in der Nacht nach Hause gefahren.

Nicht, ohne sich noch einmal zu vergewissern, dass es mir wirklich gut geht und mein Zusammentreffen mit Niklas Baringhaus keine Spätfolgen haben wird.

Ein Blick auf den Wecker lässt mich frustriert wieder in die Kissen zurückfallen.

Gerade mal vier Stunden habe ich geschlafen.

So sei es.

Ich kann es sowieso nicht ändern.

Also gönne ich mir gleich eine ordentliche Portion Koffein und werde den Sonntag eben in der Werkstatt verbringen. Arbeit lenkt mich hoffentlich genug ab, um nicht ständig an die letzte Nacht zu denken.

Daran, wie sich seine Lippen auf meinen angefühlt haben, seine Hände auf meinem Körper.

Oder daran, dass er mich sehr schnell vergessen zu haben scheint, nachdem ich erst mal im Badezimmer verschwunden bin.

Erneut beschleicht mich die Frage, aus welchem Grund Christina mir nur wenige Augenblicke, bevor ich Martins Wohnung betreten habe, derart zerfleddert entgegenkam. Ganz offensichtlich war sie kurz vorher mit Niklas zusammen gewesen.

Ich verbiete es mir, den Gedanken weiterzuspinnen, und nehme erst mal eine ausgiebige Dusche.

~oOo~

Laute Rockmusik hallt über den Hof und nicht zum ersten Mal an diesem Tag fragt sich Niklas, ob es die richtige Entscheidung ist, hier aufzutauchen.

Er muss mit ihr reden.

Dabei kann er noch nicht mal genau sagen, aus welchem Grund ihm das so wichtig ist. Eigentlich ist er kein Gefühlsmensch.

Aber Isabell Holzer lässt ihn einfach nicht los.

Kein Auge hat er zugetan.

Sich hin und her gewälzt in der Erinnerung an ihre Lippen, ihren Körper, der sich nur zu gerne an den seinen anschmiegt.

Weich, warm.

Ihr Geruch, der noch immer in seinem Smoking haftet.

Martins Worte. *Du bist nicht gut genug für sie …*

Das Wissen darum, wie recht der kleine Zimmermann damit eigentlich hat.

Dennoch.

Er hat das dringende Bedürfnis, sie zu sehen. Irgendwas von dem zu erklären, das geschehen ist.

Auch, wenn er selbst noch keine Antworten darauf hat.

Und dann entdeckt er sie. Vielmehr ihren hübsch geformten Hintern. Wie er sich ihm förmlich entgegenreckt.

Er spürt Wärme durch seine Adern fließen.

Nie hat eine Frau besser in seinen Augen ausgesehen als Isabell gerade eben.

Ihr Oberkörper verschwindet unter der Motorhaube irgendeines Wagens und studiert dessen Innenleben.

Ein Grinsen huscht über sein Gesicht, als er sie singen hört.

Laut und schief.

Ihre Zehenspitzen klopfen den Takt der Rocknummer auf den Asphalt, während sie ihre Hüften aufreizend schwingen lässt.

Und die vage Vorstellung davon, wie dieser Hintern wohl aussehen wird ohne den Overall. Wie seine Hände die festen Backen streicheln und in Position bringen, um …

Das Blut sammelt sich eindeutig in den tieferen Regionen seines Körpers und bringt ihn zum Schwitzen.

Du bist nicht gut genug für Isabell Holzer …

Das wollen wir ja erst mal sehen, Martin Zimmermann!

~oOo~

„Isabell?"

Kurz habe ich die Befürchtung, in Ohnmacht zu fallen.

Was, verfluchte Scheiße, will er hier?

„Verschwinde, ich möchte dich nicht sehen."

Und nicht küssen. Und nicht riechen. Und nicht …

Ich presse meine Lippen aufeinander, eigentlich nicht bereit dazu, ihm zu begegnen.

„Es tut mir leid. Ich wollte nicht, dass so etwas passiert. Das musst du mir glauben."

Ich höre, dass er immer näher kommt. Also straffe ich die Schultern und stelle mich aufrecht hin, um mich dem Unvermeidlichen zu stellen.

Rede ich mir ein.

Denn als ich ihn erblicke, beginnt mein Puls zu rasen, obwohl mein Herz zwei bis fünf Schläge auszusetzen scheint.

Um meine Verlegenheit zu überspielen, schiebe ich unwirsch eine lose Haarsträhne unter mein Kopftuch, wische meine Hände sauber.

Soll er doch kommen. Pah, ich werde es ihm schon zeigen.

Zumindest hoffe ich das.

„Du hast genau eine Minute. Dann verschwindest du von hier." Meine Augen schießen Blitze in seine Richtung und zum allerersten Mal in meinem Leben wünschte ich mir, ich hätte mehr Erfahrung in so was.

Er merkt mir meine Unsicherheit höchstwahrscheinlich sofort an. Wittert meine Panik.

Meine Kehle schnürt sich immer mehr zu, während ich mich zwanghaft darauf konzentriere, ihn durch meine Gesten auf Abstand zu halten.

Mit vor dem Körper verschränkten Armen.

Ich habe mal irgendwo gelesen, das wirkt einschüchternd.

Und tatsächlich. Er bleibt stehen. Sieht mich betreten an.

Ha!

Unschlüssig fährt er sich durch das dunkle Haar. „Ich hatte keine Ahnung, dass Christina plötzlich auftauchen würde."

„Das wäre ja noch schöner." Unwirsch werfe ich mir das ölverschmierte Tuch wieder über die Schulter. „Wie dem auch sei. Es hat nichts zu bedeuten. Geh einfach und wir vergessen die ganze Geschichte."

Entgegen meiner Absicht kommt Niklas einen weiteren Schritt auf mich zu. Zügig verschränke ich erneut die Arme vor der Brust.

Dieses Mal ohne sonderlichen Erfolg.

„Das möchte ich nicht. Ich möchte es nicht vergessen. Und ich weiß, dass es dir gefallen hat." Plötzlich hat er Honig in der Stimme. Wie warmer Balsam legt sie sich auf mein Gemüt, versucht, mich aus meinem Schneckenhaus zu locken.

Wenn er nur noch einen Zentimeter näher kommt …

Mit erhobenem Zeigefinger baue ich mich zu meiner vollen Körpergröße auf.

„Niklas, ich meine es ernst. Glaubst du wirklich, ich wäre zu blöd, um eins und eins zusammenzuzählen? Sie war vor mir bei dir in der Wohnung …"

Sein Blick wandert an mir vorbei. „Ja, das war sie, wenn auch nicht aus dem Grund, der dir gerade vorschwebt." Er schiebt die Hände tief in die Taschen seiner Jeans, sieht auf seine Schuhe.

„So, was schwebt mir denn vor?" Ich spüre bereits, dass mein Widerstand bröckelt. Er hat so etwas Jungenhaftes an sich. Wie er hier vor mir steht und mich um Verzeihung bittet.

Anstatt auf meine Frage zu antworten, geht er in die Offensive. „Geh mit mir essen, Isabell. Ein Essen. Heute Abend. Ohne Verpflichtung. Nur wir beide."

Hoffnungsvoll studiert Niklas mein Gesicht und ich bin mir fast sicher, dass er mir dieses namenlose Chaos ansieht, welches in mir tobt.

Niklas Baringhaus ist gefährlich, Isabell.

So sehr es mir widerstrebt, ich muss zugeben, dass ich schwach werde in seiner Gegenwart.

Jeder gute Vorsatz ist nichts wert, wenn er in meiner Nähe ist.

Nur zu gut erinnere ich mich an meine nicht vorhandene Sittlichkeit, wenn er mich berührt.

Er weckt etwas in mir, von dem ich dachte, ich hätte es mit der Pubertät hinter mir gelassen.

Noch ehe ich darüber genau nachgedacht habe, verlassen die Worte meinen Mund. „Okay. Ein Essen. Mehr nicht."

Heilige Scheiße, hast du den Verstand verloren?

Ich bin von allen guten Geistern verlassen, so viel steht mal fest.

Da ist es ja schon. Sein Zahnpastalächeln.

Und dieses Funkeln in seinen graugrünen Augen. „Ich hole dich um 18:00 Uhr ab."

Bevor ich es mir anders überlegen kann, stehe ich bereits einsam auf dem Hof, starre Löcher in die Luft und zweifele an meiner Entscheidungskraft.

Es ist so weit. Isabell Holzer ist komplett durchgeknallt.

Kapitel 9

Der Rest des Tages kriecht nur so dahin. Mal davon abgesehen, dass er bereits zu einer unchristlichen Zeit begonnen hat, bin ich ein nervliches Wrack.

Allein der Gedanke, den heutigen Abend mit Niklas zu verbringen …

Was habe ich mir nur dabei gedacht? Ich bin doch eindeutig nicht mehr ganz gefechtsklar.

Meine Großmutter sieht meiner heutigen Verabredung eher mit gemischten Gefühlen entgegen. Auch wenn ich kein Wort über gestern verloren habe, so ist sie alles andere als dumm und kann sich die fehlenden Informationen durchaus zusammenreimen.

Mein leiser Hinweis, dass ich lediglich ihrem Rat gefolgt bin und mir einen Geldsack gesucht habe, scheint sie nicht sonderlich zu beruhigen. Im Gegenteil. Ich ernte verständnislose Blicke und ein aufgebrachtes „*Isabell. Jetzt ist es aber genug …* ".

Sie entlockt mir das Versprechen, nicht wieder ohne Schuhe und Tasche nach Hause zu kommen.

Martin hingegen verschweige ich erst mal mein Date.

Und das ist weder einfach noch fühlt es sich richtig an, ihn zu hintergehen.

Solange ich selbst noch nicht weiß, in welche Richtung mich dieser Abend lenken wird, ist es eindeutig zu früh, Martin aus der Reserve zu locken.

Sein Wunsch, Niklas eine zu verpassen, klingt mir noch lauthals im Ohr.

Wenn ich eines selbst kann, dann meine Ehre verteidigen. So sehr mich sein Einsatz auch rühren mag.

Insofern bin ich ganz dankbar darüber, dass er heute familiär eingespannt ist. Sowieso keine Zeit finden wird, näher auf mein Befinden einzugehen.

Oder zu durchschauen, warum ich wie ein aufgestochenes Huhn völlig planlos in den Tag lebe.

Nach einem ausgiebigen Bad, einer Haarpackung und einer Gesichtsmaske - *ich erwähnte bereits, dass ich den Verstand verloren habe* - räume ich meinen Kleiderschrank von links nach rechts.

Sollte ich mit wehenden Fahnen untergehe, dann wenigstens wohlduftend, mit weicher Haut und Stil.

Verflixt. Hätte ich Niklas nur gefragt, in welches Restaurant er gedenkt, mich einzuladen.

Na, vielleicht hülle ich mich direkt in Sack und Asche.

Das käme meinem derzeitigen Moralempfinden ganz entgegen.

Obwohl alles nach einer dezenten Jeans schreit, entscheide ich mich letztendlich für ein schwarzes Chiffonkleid mit Collierkragen. Es endet kurz über meinen Knien und bietet mir, was mein Aussehen betrifft, eine Sicherheit, mit der ich einigermaßen leben kann.

Wenn es schon sein muss, bringe ich ihn aus dem Konzept, nicht anders herum.

Als ich aufgebrezelt wie zu meinem eigenen, ganz persönlichen Abschlussball die Treppe hinunterstöckele, freiwillig auf hohen Hacken, schlägt meine Großmutter die Hände über dem Kopf zusammen.

„Dass ich das noch erleben darf. Isabell sieht freiwillig aus wie eine Frau."

Ich strecke ihr die Zunge heraus und sie lacht aus tiefstem Herzen. „Jetzt muss sie sich nur noch wie eine benehmen."

Eine Hand liegt auf ihrem Schlüsselbein. „Wirklich, du bist wunderhübsch. Ich hoffe, er weiß das zu schätzen."

„Wenn nicht, kann er sich auf etwas gefasst machen, das kannst du mir glauben."

„Spätestens, wenn ich ihn in die Finger bekomme." Sie zwinkert mir zu.

Aus welchem Grund bin ich nur so aufgeregt?

Gut, das könnte daran liegen, dass ich bereits seit Längerem kein richtiges Date mehr hatte.

Martin zählt hier nun wirklich nicht.

Oder liegt es nur daran, dass meine heutige Verabredung mich über Gebühr aus der Ruhe bringt?

Noch ehe sie überhaupt begonnen hat.

Am wahrscheinlichsten ist es wohl, dass ich ganz bewusst mit dem Feuer spiele.

Es bleibt nur zu hoffen, dass ich mir nicht die Finger verbrenne.

~oOo~

Niklas hat tatsächlich Herzklopfen. Ein Gefühl, von dem er eigentlich annahm, es sei ihm abhandengekommen.

Als er den Volvo vor dem Haus neben der Werkstatt parkt, bleibt er noch eine Weile hinter dem Steuer sitzen, versucht, das nervöse Flattern in der Magengegend wegzuatmen.

Einfach unglaublich!

Dass eine Frau, die er annähernd zwei Tage kennt, mit der er sich mehr gestritten als unterhalten hat, ihn derart beschäftigt, ihn nachts um den Schlaf bringt.

Niklas kann sich an nichts Vergleichbares in der Vergangenheit erinnern.

Ihre Art ihn zu küssen. Ihre Brüste, die sich einladend weich gegen ihn schmiegen.

All das geistert ständig in seinem Hirn herum, bringt ihn um sein inneres Gleichgewicht.

Verfluchte Scheiße, er ist doch keine 16 Jahre mehr alt!

Er muss sie endlich vögeln.

Einfach nur, damit dieses Summen in seinem Körper aufhört und er wieder zur Besinnung kommt.

Und der heutige Abend bietet genau die richtigen Rahmenbedingungen.

Niklas hat sich alles wunderbar ausgemalt. Ein lauschiges Dinner in einem intimen Ambiente, ein Glas Wein oder zwei und wenn der Abend gut läuft, würde er alles auf eine Karte setzen und Isabell Holzer nach Strich und Faden verführen.

Ja, so ist der Plan.

Höchste Zeit, ihn endlich in die Tat umzusetzen.

Mit einem ergebenen Seufzer steigt er aus dem Wagen, streckt sich und beginnt zu grinsen.

Tief und äußerst zufrieden mit sich und der Welt.

~oOo~

Das erwartete Klopfen am Hauseingang bringt mein Herz zum Stolpern.

Mit einem Zwinkern in meine Richtung bewegt sich meine Großmutter in Richtung Tür. „Na, dann wollen wir mal sehen, welcher Geldsack dich zum Erstarren bringt, mein Kind."

„Nein! Warte noch!" Panikattacke.

Scheiße, ich bin nicht bereit dazu. Dates sind Mist. Ich habe das immer gewusst.

Und ein Date mit diesem … diesem … widerlich gut aussehenden selbstverliebten … Esel ist noch größerer Mist.

„Oma, ich habe einen Nervenzusammenbruch. Sag ihm, ich hätte Magen-Darm und müsste das Bett hüten." Damit drehe ich mich auf der Treppe um, bereit, zwei Stufen gleichzeitig zu nehmen, um schnellstmöglich in meinem Zimmer anzukommen.

Wie sie es schafft, ist mir ein Rätsel. Jedoch bekommt sie meinen Arm zu fassen, noch bevor ich die ersten beiden Stufen genommen habe, und zwingt mich so, die Treppe noch weiter herunterzulaufen, anstatt hinauf.

"Isabell Holzer, das muss ja ein besonderer Mann sein, wenn du vor ihm flüchtest." Ihre Stirn liegt in tiefen Falten und ihr Gesichtsausdruck lässt mich nicht nur raten, wie verwundert sie ist über meinen Versuch zu entkommen.

„Nichts an ihm ist besonders, Oma. Ganz im Gegenteil. Er ist ein Chauvi der übelsten Sorte und möchte nur sein Gewissen beruhigen, in dem er mich zum Essen ausführt. Wahrscheinlich in ein Restaurant, das ich mir niemals leisten könnte. So ein *besonderer Mann* ist das." Ich wedele mit der Hand vor ihrem Gesicht herum und mache dabei ordentlich Wind. „So einer, der meint, alles mit Geld kaufen zu können."

„Na, immerhin scheint er ja ein Gewissen zu haben, wenn er es beruhigen will … warum auch immer …" Sie schnalzt mit der Zunge und mit dem Blick einer allwissenden Großmutter teilt sie mir mit, dass sie keinerlei Erklärung mehr benötigt, aus welchem Grund ich letzte Nacht ohne Tasche und Schuhe Kieselsteine an ihr Schlafzimmerfenster geworfen habe. „Dann gehe eben mit ihm zu McDonalds. Ich öffne jetzt die Tür, ehe er es sich noch anders überlegt. Ich möchte wenigstens einen Blick auf ihn werfen."

Noch ehe ich irgendetwas darauf erwidern kann, liegt ihre Hand bereits auf der Klinke und sie lächelt ihr schönstes Herzlich-willkommen-Lächeln.

Kapitulierend wäge ich meine Chancen ab, Niklas dazu zu überreden, tatsächlich nur auf einen Burger durch den McDrive zu fahren.

Nein, dann bin ich die ganze Zeit an den Beifahrersitz gefesselt.

Das wäre wohl nicht unbedingt von Vorteil.

Bereits einen Atemzug später kann ich dem Gesichtsausdruck meiner Oma dabei zusehen, wie er von überschwänglich strahlend in außerordentlich entzückt wechselt.

Na klar, das musste ja so kommen …

Ich schnaube, noch ehe Niklas überhaupt eine Chance hat, sich ihr vorzustellen. „Fall bloß nicht auf sein hübsches Gesicht herein. Er hat es faustdick hinter den Ohren."

„Nununu, sei nicht immer so voreilig, mein Kind." Sie kann ihren Blick nicht von ihm abwenden und ich verdrehe die Augen, während Niklas beginnt, laut und tief zu lachen.

Das plötzliche Prickeln auf meiner Haut liegt mit Sicherheit am Windzug.

Affe …

„Einen wunderschönen guten Abend. Mein Name ist Baringhaus. Niklas Baringhaus. Und Sie müssen Isabells Schwester sein." Er zwinkert schelmisch und meine Großmutter wird zu genau diesem Karamell, welches sich zäh fließend zu seinen Füßen verflüssigt.

„Pfff, aus welcher Klischeekiste hast du das denn geklaut? Du solltest dich was schämen." Ich quetsche mich an der vor Entzückung versteinerten Gestalt meiner Großmutter vorbei, drücke ihr einen Kuss auf die Wange und versperre ihr förmlich den Blick auf diesen Don Juan für Arme.

Sie schiebt mich tatsächlich zur Seite. „Es ist mir eine Freude, Herr Baringhaus. Isa hat bereits sehnsüchtig auf Sie gewartet."

Da bleibt mir doch glatt die Spucke weg.

„So? Hat sie das?" Niklas sieht mich an und das belustigte Funkeln seiner Augen lässt meine Kopfhaut kribbeln.

„Hör nicht auf sie. Sie ist übergeschnappt." Einen warnenden Blick an meine Oma werfend, gehe ich an ihm vorbei Richtung Auto.

Dieses Mal versteckt er sein Lachen hinter einem Hüsteln. Ungeduldig stemme ich die Hände in die Hüften. „Meinetwegen können wir sofort los."

Die beiden tauschen hingegen noch Nettigkeiten aus, ehe mein Galan sich endlich in Bewegung setzt.

„Sehr nett, deine Schwester." Niklas öffnet mir noch immer giggelnd die Beifahrertür des Volvos und ehrfürchtig lasse ich mich in den Sitz gleiten.

Ohne ihn weiter zu beachten, streicheln meine Fingerspitzen über die Ledersitze, das Armaturenbrett, das

Holzlenkrad. „Du bist nicht halb der Ladykiller, für den du dich zu halten scheinst."

„Anscheinend fahre ich das richtige Auto, um dich angemessen zu beeindrucken. Das ist ja schon mal ein vielversprechender Anfang." Niklas klingt amüsiert, ich verdrehe lediglich meine Augen. „Quatschkopf."
Er setzt sich auf den Fahrersitz, macht dennoch keine Anstalten, loszufahren. Widerwillig löse ich meine Bewunderung von diesem Auto und blicke ihn fragend an. „Worauf wartest du?"

Der Ausdruck seiner Augen hat sich verändert. Es liegt etwas Dunkles in seinem Blick, etwas Begehrliches, das mich kurzzeitig die Luft anhalten lässt, noch bevor er überhaupt etwas gesagt hat.

Niklas leckt sich über seine Lippen. „Nichts. Ich musste dich nur ansehen. Du siehst wunderschön aus heute Abend."

Die Hitze in meinen Wangen lässt mich verschämt und gerührt zugleich die Lider senken.

„Entschuldige, ich wollte dich nicht in Verlegenheit bringen." Er fährt sich genierlich durch die dunklen Haare, bringt sie dadurch nur noch besser in Form.

Wenn ich das mit meinen Haaren machen würde ... aber lassen wir das.

„Nein, du bringst mich nicht in Verlegenheit. Oder vielleicht doch ..." Hilflos blicke ich aus dem Fenster, starre auf das geschlossene Tor meiner Werkstatt. „Ich bin ein wenig unschlüssig, was das hier ist ..." Ich mache eine allumfassende Geste mit den Händen. „Ich fühle mich ein wenig überrannt ... Du hast mich überrannt."

Die darauf folgende Stille zwischen uns wird unerträglich.

Seine Präsenz ist unerträglich.

Sag was, Isa. Irgendwas …

Zweifellos könnte ich etwas schrecklich Kluges, Gebildetes von mir geben. Stattdessen stolpere ich mal wieder über meine eigenen Worte.

„Du siehst auch nicht schlecht aus."

Zu allem Übel säusel ich mehr, als dass ich es klar und deutlich ausspreche.

Herrlich. Genauso wollüstig sollte es klingen, du dummes Kamel.

„Danke." Seine Stimme ist rauer, als sie es sein sollte, da bin ich mir ganz sicher.

Hier sitze ich nun. Neben diesem sexy Typen in einem Traumauto.

Sexy ist in diesem Fall nicht nur ein wenig untertrieben.

Sein Hemd schmiegt sich an seine Brust, umspannt seinen Rücken. Die Ärmel hat er aufgekrempelt und seine Unterarme wecken in mir das Verlangen, die Muskeln nachzuzeichnen.

Seine dunkelgraue Stoffhose sitzt perfekt und ich nehme mir fest vor, mir seine Kehrseite unbedingt noch mal genauer anzusehen, sollte er vor mir herlaufen.

Dieser Mann gehört verboten.

Von meinen Gedanken ganz zu schweigen.

Niklas lässt mich nicht eine Sekunde aus den Augen, ich zwinge mich zu einem Lächeln.

Er berührt mein Gesicht mit der Spitze seines Zeigefingers und jagt damit einen Stromschlag durch meine Blutbahn.

Lässt mich nach Luft schnappen, überrascht von dieser direkten Berührung. Von meinem Wunsch, mein Gesicht in seine Hand zu schmiegen.

Isabell Holzer, du bist einfach jämmerlich.

Als würde ihm ganz plötzlich bewusst, was er hier gerade tut, zieht er seine Hand zurück.

Viel zu schnell für mich.

Meine Haut glüht und eine ungeahnte Sehnsucht macht sich in mir breit, auf die ich nicht vorbereitet bin.

Niklas presst die Lippen aufeinander, verhakt sich mit meinem Blick.

„Entschuldige, ich konnte nicht anders."

Völlig erotisiert sitze ich neben ihm, kann nichts erwidern, was diesem intimen Moment gerecht werden würde.

Meine Zunge klebt mir unter dem Gaumen.

Oh nein, auf keinen Fall McDrive und Beifahrersitz …

~oOo~

Wie auch immer sein Plan für den heutigen Abend ausgesehen haben mag, er wird nicht funktionieren. Zumindest nicht in der Form, die ihm so vorschwebt.

Das ist ihm bewusst geworden, just in der Sekunde, als er Isabell hinter ihrer Großmutter erblickt hat.

Sie raubt ihm den Atem und das ist absolut nichts, womit er umgehen kann.

Frauen dienen in erster Linie seiner Zerstreuung. Sie sind austauschbar.

Er musste sich in der Vergangenheit nicht anstrengen, um sie ins Bett zu bekommen. Und sollte tatsächlich eine Frau Nein sagen, was wirklich äußerst selten vorkommt, sitzt in der nächsten Bar ein anderes weibliches Wesen, welches nur zu gern die Beine für ihn öffnet.

Aber diese Kratzbürste?

Sie zwingt ihn, umzudenken.

Ohne es zu wissen, weckt sie in ihm den Wunsch, ihr zu gefallen.

Wie sie so neben ihm sitzt, das Kleid auf den Oberschenkel hochgerutscht.

Ihn ansieht unter halb geschlossenen Lidern, den Mund leicht geöffnet.

Sein Herz macht einen Satz, als er die weiche Haut ihrer Wange berührt. Wie gerne würde er mit dem Finger über ihre Lippen fahren, ihren Hals entlang …

Der Schweiß bricht ihm aus und er zieht seine Hand zurück, ehe er sich nicht mehr zurückhalten kann.

Du bist nicht gut genug für Isabell Holzer …

Er fühlt sich bereit, Martin Zimmermann vom Gegenteil zu überzeugen.

Doch vor allen Dingen sich selbst.

~oOo~

Wir legen ein gutes Stück Weg zurück, ehe Niklas den Volvo vor einem schlossähnlichen Anwesen einparkt.

Mir würde sicherlich die Kinnlade herunterklappen, hätte ich nicht mit etwas ähnlich Protzigem gerechnet.

Bis hierher also keine sonderliche Überraschung.

Als ich den vorgegebenen Weg zum Restaurant einschlage, hält er mich zurück.

„Nicht so voreilig. Hast du wirklich geglaubt, ich führe dich in ein erstklassiges Sterne-Restaurant, obwohl du mir erst gestern meine Blasiertheit vorgeworfen hast?"

Und ob ich das dachte …

„Du musst zugeben, die Vermutung liegt nahe. In Anbetracht der Tatsache, dass du den Wagen auf dem zum Restaurant gehörenden Parkplatz geparkt hast."

Niklas lächelt mich an und hält mir seine Hand hin, die ich einfach nur anstarren kann.

Zu viel Hautkontakt, Isabell!

„Nun komm schon, sei nicht so feige. Ich falle nicht über dich her." Ich nehme den Blick von seinen ausgestreckten Fingern, sehe ihn an, als wäre er von einem anderen Stern.

Er beginnt zu lachen. „Ich verspreche es dir."

Ich schreibe es mal meinem Hormonstau zu, lege meine Hand in seine. Unverzüglich verschränkt er seine Finger mit den meinen. Er zwinkert mir zu und zieht mich hinter sich her. Und ich frage nicht mal mehr, wohin er mit mir möchte.

Wie hypnotisiert folge ich ihm.

In die Hölle, wenn es sein muss.

Schritt für Schritt.

An diesem sicherlich sehr schicken Restaurant vorbei und um das Schlösschen herum.

Meine Mutter würde, wenn sie es denn noch könnte, ob dieses kopflosen Handelns ihrer Tochter sicherlich ermahnend den Finger erheben.

Wahrscheinlich wäre nicht mal sie jetzt in der Lage, mich auf den Pfad der Tugend zurückzuführen.

Nicht, wenn die Sünde mich so fest in der Hand hat.

Im wahrsten Sinne des Wortes.

Vor einer uralten Tür kommen wir zum Stehen.

Großzügige Scharniere halten das dicke Holz rostig in ihrer Halterung. Niklas kündigt unser Ankommen, indem er den eisernen Türklopfer in dessen Mitte einige Male kräftig anschlägt.

„Okay, jetzt bin ich überrascht."

„Davon gehe ich aus." Er zieht einen Mundwinkel siegessicher in die Höhe, sieht auf mich herab und wirkt dabei, als wäre ich sein Hauptgang.

Konzentriere dich gefälligst aufs Wesentliche.

Habe ich doch heute Nacht ein wenig mehr zu verlieren als Schuhe und eine Tasche.

Sollte ich nicht ein wenig besser auf mich achten, verliere ich mich in diesem hübschen Jungen vor mir, der sich augenscheinlich die größte Mühe gibt, mich zu verblüffen.

Bisher macht er seine Sache gut.

Die Tür vor uns öffnet sich und eine dralle Rothaarige klatscht begeistert in die Hände, als sie Niklas erblickt.

„Ich wollte es nicht glauben, erst als Mama auf das Leben des alten Gustav geschworen hat, dass du heute kommst." Und dann hängt sie an seinem Hals. Quietschend vor Freude. Und ich komme nicht umhin, die beiden in dieser innigen Umarmung voller Neid zu betrachten.

Niklas, der lachend seinen Arm um ihre Taille legt, sie anhebt und derart fest an sich presst, dass ich auf das Knacken ihrer Rippen lausche.

Sie hat genügend Polster, vielleicht kommt sie mit einigen blauen Flecken davon.

„Nikki, das ist verboten lange her. Ich freue mich so schrecklich."

Ihre Hände legen sich um sein Gesicht und ich rechne schon damit, dass sie ihren Mund auf seinen legt.

Jetzt wird es mir wirklich zu bunt.

Ich räuspere mich vernehmlich.

Sofort sieht sie mich an. „Entschuldigen Sie bitte vielmals, ich habe Niklas bereits seit Monaten nicht mehr gesehen."

Ihre offensichtliche Freude ist wirklich einnehmend.

Ich erwidere den festen Händedruck der jungen Frau dennoch etwas zögerlich. Sie stellt sich mir als Niklas' Cousine

Klara vor und das Blut rauscht nur so hinter meinen Ohren. Erhitzt meine Wangen.

Seine Cousine.

Ich bin wirklich ein albernes Schaf …

Niklas beobachtet mich genau, was mich nur noch tiefer erröten lässt.

„Bist du etwa eifersüchtig?" Er beugt sich zu mir, sein heißer Atem kitzelt meinen Nacken, sein leises Lachen vibriert unter meiner Haut.

„Spinner."

Ich brauche dringend einen kleinen Abstand.

„Doch, das bist du." Er kommt mir noch ein Stück näher.

Mir bleibt gleich das Herz stehen.

„Und soll ich dir etwas verraten? Es gefällt mir ausnehmend gut, Kratzbürste."

Dieser elende Mistkerl besitzt tatsächlich die Frechheit, einen Kuss auf meine nackte Schulter zu drücken und die Stelle unverzüglich mit seinem Daumen zu markieren, ehe er mich über eine Stufe ins Innere des Schlosses dirigiert.

In mir tobt ein Wirbelsturm der Gefühle.

Und der Idiot geht einfach zum Alltag über.

Begrüßt die Menschen, die uns begegnen, und kümmert sich nicht weiter um mich, nachdem ich erst einmal sicher über die Schwelle getreten bin.

Er genießt diesen Triumph über mich.

Vergewissert sich ständig widerwärtig schmunzelnd aus dem Blickwinkel, dass ich nicht falsch abbiege.

Denn dass ich ein wenig neben mir selbst zu stehen scheine, ist sicherlich nicht sonderlich schwer zu erraten. Da bin ich mir ziemlich sicher.

Pah!

Ich weiche seinem Blick aus. So weit kommt es noch ... dass er glaubt, dass er mit seinem Balzverhalten bei mir landen könne.

Da muss er sich ein anderes Täubchen suchen.

Erst jetzt wird mir gewahr, dass ich mich anscheinend in einer Küche befinde.

Die Mitte des Raumes wird von einem Ofen dominiert, wie ich ihn noch niemals vorher gesehen habe. Bei näherem Betrachten stelle ich fest, dass die Herdplatten mit einem Schürhaken aus ihrer Fassung gehoben werden können, wohl um Holz oder Kohle nachzuwerfen.

In diesem Raum scheint die Zeit stehen geblieben zu sein.

Mit dem Zeigefinger fahre ich über die blau-weißen Kacheln zwischen den Kochfeldern.

Mit seinen mindestens 6 x 8 Metern nimmt er einen Großteil des Raumes ein und mir stellt sich sofort die Frage, wer hier wohl noch bekocht wird. Für den allgemeinen Restauranttrubel ist zu wenig Personal anwesend. Auch erscheint mir die Stimmung zu entspannt.

Kupferne Töpfe und Pfannen hängen glänzend an Haken von der Decke und Kräuter trocknen kopfüber zwischen Hängekörben voller Paprika und Zucchini. Es duftet himmlisch nach Rosmarin, Thymian und Basilikum.

Mein Magen beginnt laut zu knurren, und als wäre das sein Stichwort, erscheint Niklas neben mir. „Komm, ich glaube, wir können bereits an unseren Tisch."

„Jetzt bin ich sehr gespannt." Skeptisch lasse ich mich von ihm aus dieser wunderschönen und gemütlichen Küche führen, von der ich sehr gerne noch ein wenig mehr erfahren würde.

Wie schön, dann hätten wir ja bereits ein unverfängliches Thema für diesen Abend.

An einem Treppenabsatz lässt er mir den Vortritt und ich steige tiefer in dieses alte Gemäuer.

Würde ich unter Klaustrophobie leiden, wäre jetzt genau der richtige Zeitpunkt, zu hyperventilieren.

Eine klitzekleine verführerische Sekunde denke ich darüber nach, Niklas einen Dämpfer zu verpassen.

Er hat mich nicht einmal danach gefragt, ob ein Essen in den Untiefen eines Kellergewölbes Beklemmungen in mir verursacht.

Einstweilen begnüge ich mich der vagen Vorstellung, dass es sein Selbstvertrauen erschüttern würde.

Ich bin viel zu neugierig, was er mit mir vorhat, um es durch eine unbedachte Bemerkung zu zerstören.

~oOo~

Er macht sich in Gedanken eine Notiz, einen Strauß Rosen für seine Tante zu besorgen.

Sie hat sich mal wieder selbst übertroffen.

Lediglich auf die Fackeln an der Treppe hat sie verzichtet, das elektrische Licht der Wandbeleuchtung ist durchaus schon beeindruckend genug.

Als er hinter Isabell den Weinkeller betritt, stellt er zufrieden fest, dass Molly mit seinem Wunsch nach Romantik durchaus gearbeitet hat. Der Schein der Kerzen erzeugt lange Schatten auf dem gestärkten Leinen des bereits eingedeckten Tisches.

Des einzigen eingedeckten Tisches des Raumes hier.

Großartig.

Leise Musik gibt den Hintergrund in dieser mehr als intimen Atmosphäre, welche Tante Molly für Isabell und ihn geschaffen hat, und eine freudige Anspannung ergreift von ihm Besitz.

Das alte Deckengewölbe wirft das diffuse Licht weich zurück und nimmt dem ansonsten verwaisten Raum jeden Schrecken.

Riesige Barriquefässer nehmen die komplette hintere Mauer ein. Weitere Tische des Raumes sind einfach gegen die Wand geschoben.

Niklas nimmt wohlwollend zur Kenntnis, dass ihm genau das gelungen ist, von dem Isabell bereits von vorneherein angenommen hat, er würde daran scheitern.

Die samtige Note ihres unaufdringlichen Parfüms hüllt ihn ein, als sie sich auf dem Stuhl niederlässt, den er für sie zurechtrückt.

Er atmet ihn tief ein.

Diesen Anflug von Frühling.

Widersteh dem Drang, sie zu berühren.

Dafür ist später noch Zeit genug.

„Wow, Niklas. Das hätte ich dir tatsächlich nicht zugetraut."

Sie klingt fast atemlos und er würde sich nur zu gern anerkennend auf die Schultern klopfen. Das wäre wohl eher lächerlich, also belässt er es bei einem gleichgültigen Schulterzucken.

„Vielleicht bin ich ja doch keine Mogelpackung, Kratzbürste."

„Na, ich werde mal nicht den Tag vor dem Abend loben. Bisher läuft es jedoch ganz gut für dich." Ihr halbseitiges Schmunzeln bringt ihn ganz schön aus der Fassung.

Er wird sich natürlich davor hüten, das bereits jetzt irgendjemandem gegenüber zuzugeben.

Er hat immerhin einen Ruf zu verlieren.

Isabell stützt ihre Ellbogen auf und verschränkt die Finger ineinander, während sie ihn dabei beobachtet, wie er um den Tisch herumgeht und selbst Platz nimmt.

Das helle Braun ihrer großen Augen glänzt verheißungsvoll in dieser Dämmerung um sie herum.

Wie wunderschön sie aussieht, scheint ihr nicht bewusst zu sein. Das Haar fällt ihr in Locken über die schmalen Schultern, ihre Haut schimmert wie Alabaster.

Hitze strömt durch seine Blutbahn.

Er räuspert sich kurz, ehe er nach dem Dekanter greift.

„Soso, Alkohol ist also deine Geheimwaffe." Isabell schiebt ihm ihr Glas über den Tisch entgegen.

„Nun ja, beim letzten Mal hat er mir durchaus einen Vorteil verschafft."

Diese Anspielung auf ihr Zusammentreffen in Martins Wohnung verfehlt ihre Wirkung keineswegs. Es ist ganz entzückend, dabei zuzusehen, wie eine leichte Röte von Isabells Wangen Besitz ergreift.

Sie beißt sich auf die Unterlippe, sieht ihn an. „Oh weia, wo habe ich mich da nur wieder hineinmanövriert? Jetzt sitze ich hier mir dir, mutterseelenallein in einem tiefen Keller ohne anständige Beleuchtung und Alkohol in Unmengen."

Isabell Holzer versucht nur frech, ihre Verlegenheit zu überspielen, das ist ihm durchaus bewusst.
Er genießt es viel zu sehr, um ihr nur einen Millimeter entgegenzukommen und womöglich das Thema zu wechseln.

„Du hast mich durchschaut. Ich bin mehr als gespannt, wohin uns dieser Abend hier führen wird." Niklas nimmt sein eigenes Glas, füllt es.

„Zu hoffen, dass Christina im richtigen Moment hier auftaucht, ist somit wohl verschwendete Zeit."

Erstaunt stellt er den Wein zurück auf den Tisch. Sie ist vielleicht etwas mehr als nur verlegen. „Du hast wirklich die Fähigkeit, Dinge auf den Punkt zu bringen."

Isabell kichert. „Hast du geglaubt, ich mache es dir einfach? Tja, mein Lieber, da musst du wohl früher aufstehen." Sie prostet ihm zu und nimmt einen Schluck Wein. Anerkennend zieht sie die Augenbrauen in die Höhe. „Mmh, der ist gut …"

„Das ist er, zweifellos." Niklas lehnt sich zurück, erfreut sich an ihrem Anblick. Wenn ihre Lippen sich um das Glas schließen, ihre Zungenspitze den letzten Tropfen Wein von ihnen leckt.

Und es ist nicht nur das. Vielmehr ist es die Herausforderung.

Eine Frau, die nicht um seine Aufmerksamkeit buhlt, ist etwas völlig Neues.

~oOo~

Wenn er mich weiterhin so ansieht, vernasche ich ihn noch vor dem Dessert.

Sein durchdringender Blick gibt mir das Gefühl, völlig entblößt vor ihm zu sitzen, und so langsam will mir der Gleichmut nicht mehr wirklich überzeugend über die Lippen.

In meinem Inneren toben die Hormone, hinterlassen ein kribbeliges Gefühl in der Magengegend.

Es ist einfach zu lange her, dass ich geküsst worden bin. Ich meine, vor dieser Party …

Hervorragend! Und dann suchst du dir ausgerechnet Niklas Baringhaus aus, um dich aus deinem Dornröschenschlaf zu erwecken.

Ich bin ihm nicht gewachsen. Das muss ich mir wohl leider eingestehen. Ich werde meinen ursprünglichen Plan noch einmal überdenken müssen.

Überall darf ich landen, außer in seinem Bett. Ich gehöre nicht zu den Frauen, die einen One-Night-Stand sonderlich gut verkraften.

So blöd, zu glauben, dass es darüber hinaus vielleicht noch etwas anderes geben würde, was Niklas und mich miteinander verbindet, bin ich nicht.

Ich spiele definitiv nicht auf seinem Spielfeld.

Auch wenn ich bisher keine Probleme hatte, mich in diesen Kreisen zu bewegen.

Es kostet dennoch immense Kraft, sich jedes Mal aufs Neue zu verstellen.

Denn nichts anderes passiert mit mir, wenn ich in eines dieser Kleider schlüpfe und den Champagner genieße.
Ich heuchle Interesse zu langweiliger Konversation und lächle Menschen an, denen ich viel lieber ihre Oberflächlichkeiten an den Kopf werfen möchte.

Es nützt nichts. Jetzt sitze ich hier und der Drachen wartet nur darauf, die Jungfer zu verschlingen.

Ich nippe erneut an meinem Wein.

Es wäre eine Schande, meine offensichtliche Henkersmahlzeit nicht in vollen Zügen zu genießen. Um mögliche Konsequenzen kann ich mir später noch Gedanken machen.

„Warum ist nur unser Tisch so nett hergerichtet?"

Damit ich dich besser fressen kann …

„Normalerweise gibt es hier unten Weinverkostungen. Heute wird es keine anderen Gäste geben." Er zwinkert mir vielsagend zu und mir flattern die Schmetterlinge quer durch den Körper.

Als wäre Niklas' Erklärung das geheime Zeichen, öffnet sich die Tür oberhalb der Treppe und die dralle Cousine, gefolgt von einer nicht minder üppigen Frau im mittleren Alter, balanciert Teller an unseren Tisch.

„Nikki, ich hoffe, es ist alles in Ordnung hier unten." Ein warmes Lächeln in Niklas' Richtung, ein neugieriger Blick auf meine Person und schon stehen Brot, Butter, Oliven, Käse und diverse andere Köstlichkeiten vor meiner Nase.

„Es ist perfekt, Tante Molly. Danke für deine Mühe." Die Wärme in seiner Stimme lässt mein Herz schneller klopfen. Selbst, wenn die Worte nicht an mich gerichtet sind.

Tante Molly legt ihre Hand auf die ihres Neffen. „Für dich immer gerne." Dann wendet sie sich an mich. „Kindchen, sollten Sie noch etwas benötigen, klingeln Sie einfach." Sie deutet auf eine Schelle hinter mir an der Wand. „Und wenn sich der junge Mann nicht benimmt, ziehe ich ihm höchstpersönlich die Ohren lang. Das verspreche ich Ihnen."

„Ich komme ganz bestimmt darauf zurück." Mit einem Anflug von Erheiterung ziehe ich eine Augenbraue hoch.

Niklas fischt spröde nach einer Olive, schiebt sie sich in den Mund.

Seine Tante nickt lediglich wohlwollend. „Ich verlasse mich darauf. Er ist ein Schlingel und vergisst gerne seine Kinderstube." Sie tätschelt meinen Oberarm, ehe sie an mir vorbeigeht. Klara kichert in sich hinein und Niklas verdreht die Augen.

Sieh an, du Schlingel …

Kapitel 12

„Soso, du vergisst also gerne deine Kinderstube?" Meine Finger langen ebenfalls nach einer Olive, nachdem die beiden uns wieder verlassen haben.

„Meine Tante übertreibt." Die Andeutung eines Lächelns umspielt seine wunderschönen vollen Lippen und einmal mehr erwische ich mich bei dem Gedanken, dass der Mann verboten gehört.

Weggesperrt.

In einen Keller wie diesen, in dem ich mich mit ihm befinde.

Himmel, das ist wirklich heiß hier unten!

Wann und vor allen Dingen warum bin ich nur auf die törichte Idee gekommen, mit ihm essen zu gehen?

Okay, ich hatte keine Ahnung, dass ich ausgerechnet in den Tiefen eines Weinkellers mit ihm landen werde. Aber die Verabredung als solches ist schon äußerst dumm.

Dumm und naiv. Einfach schwachsinnig.

Wenn Martin mich jetzt sehen könnte. Hier. Mit ihm.

Für einen kurzen Moment beschleicht mich ein schlechtes Gewissen.

Ganz wie es sich in einem Weinkeller geziemt, werde ich heute an meiner ganz persönlichen Weinverkostung teilnehmen. Zum einen weil ich halbwegs betrunken nur noch müde in mein eigenes Bett fallen werde – allein und sicherlich

nicht in Stimmung für ein Tête-à-tête mit Prinz Schlingel –
und zum anderen, weil dieser Wein es absolut wert ist,
verkostet zu werden.

Als könnte Niklas meine Gedanken erraten, beginnt er ein
unverfängliches Gespräch und ich beginne, mich tatsächlich
zu entspannen.

Als der Hauptgang hereingetragen wird, habe ich bereits mein
zweites Glas und die Pumps liegen ungeachtet unter dem
Tisch. Meine nackten Füße sind in den Stuhlbeinen verhakt
und das vermeintliche Gesicht meiner Großmutter lässt mich
unvermittelt auflachen.

Niklas runzelt die Stirn. „Was ist so lustig?"

„Nichts weiter. Ich musste nur gerade an meine arme Oma
denken und was sie zu all diesem hier sagen würde." Ich
mache eine ausladende Gebärde, stoße dabei gegen mein
Weinglas. Niklas, ganz Held, fängt es selbstverständlich auf,
ehe der restliche Inhalt das gestärkte Tischtuch besudelt.

„Ups, 'tschuldigung." Ich lege die Hand vor meinen Mund.
Mein Gentleman überspielt diesen kleinen Fauxpas einfach,
füllt das Glas wieder hübsch auf.

„Was machst du eigentlich beruflich? Du wirst dein Geld
sicherlich nicht als Frauenversteher verdienen."

Er verengt seine Augen, durchaus amüsiert. „Ich bin
Architekt."

„Ach, wie schade. Ich habe nämlich eine Schwäche für
Bandleader oder Gitarristen."

„Ich spiele ganz ordentlich Klavier, falls dich das
versöhnlich stimmt."

Verschmitzt ziehe ich meine Mundwinkel in die Höhe. „Das Klavier bekommt man so unglaublich schlecht an ein Lagerfeuer."

„Das klingt fast so, als könnte ich nicht bei dir punkten."

„Nicht mit deiner Freizeitgestaltung."

Niklas grunzt und ich zucke mit den Achseln. „Obwohl … Architekt klingt spannend."

„Ja, hin und wieder ist es das wohl. Obwohl, ich fürchte mit deinem Berufsfeld kann ich nicht mithalten."

Ich verdrehe die Augen. „Das liegt wohl nicht so sehr an dem Beruf selbst, sondern eher daran, dass ich eine Frau bin."

„Da könntest du recht haben. Autos und Frauen haben normalerweise nicht viel gemein." Er zieht mich auf, das lese ich aus seinem Gesicht.

„Aha. Und Männer, die nicht wissen, wie man den Öldeckel richtig verschließt, sind auch eher selten."

Er lacht laut auf. „Chapeau! Ich habe gestern wohl ein wenig chauvinistisch reagiert."

„Das nennst du *ein wenig*? Himmel, du hast dein Testosteron nur so um dich geschleudert. *Sagte ich nicht, ich will den Chef sprechen?*" Bei meinem Versuch, ihn zu imitieren, verschluckt er sich förmlich. Mit tränenden Augen keucht er in seine Serviette und ich nicke bestätigend. „Da siehst du es. Androzentrismus ist eine Gefahr für uns alle."

Noch ein Schlückchen Wein für mich und einen weiteren Hustenanfall für mein Gegenüber.

Damit er Zeit findet, sich zu beruhigen, schneide ich ein großzügiges Stück von meinem Rinderfilet ab. Bereits während ich das tue, überlege ich fieberhaft, ob es mir wohl gelingen wird, es in meinen Mund zu stecken, ohne vulgär zu wirken.

Ja, hin und wieder bin ich noch immer die kleine Göre aus der Autowerkstatt.

Ich spüre erneut ein Kichern meinen Brustkorb hinaufklettern.

Oh ja, du bist äußerst sexy, Isabell. Angeschwipst und ohne jeglichen Anstand und Benimm.

Ach … scheiß drauf.

Ich reiße den Mund auf und schiebe die Gabel einfach hinein.

Ein großes Lob an den Koch.

Graugrüne Augen sehen mich über den Rand eines Weinglases unverwandt an. Niklas' Gesichtsfarbe ist wieder annähernd normal zu nennen und seine Miene eine Mischung aus Bewunderung und Fassungslosigkeit. „Du bist so fernab jeder Konvention, dass ich mich langsam frage, wie du die versnobte Familie Zimmermann auf deine Seite bringen konntest." Ein leichtes Kopfschütteln begleitet seine Worte. Mein Mund ist zu voll zum Sprechen, also lasse ich lediglich meine Augenbrauen tanzen, was ihn erneut auflachen lässt.

Mit einem Schluck Wein spüle ich nach, grinse ihn an. „Nun, wie du vielleicht an Martins Schwester bemerkt hast, ist mir nicht jeder der Familie Zimmermann wohlgesonnen." Verschwörerisch schiebe ich mich ein klein wenig über den Tisch. „Außerdem macht es viel mehr Spaß, einfach mal nicht darüber nachzudenken, was andere – in diesem Fall wohl du - von mir halten könnten."

„Es ist dir also egal, was ich von dir halte?" Er klingt leicht indigniert.

„Das trifft es nicht ganz … aber ja, ich habe gerade eben beschlossen, mich nicht mehr zu verstellen. Ich bin eben doch keine Christina Zimmermann." Zur Bekräftigung meiner Worte wackele ich mit meinen nackten Zehen unter dem Tisch.

Was er natürlich nicht sieht.

„Nein, das bist du tatsächlich nicht."

Ich weigere mich, die durch mein Unterbewusstsein suggerierte Bewunderung in seiner Stimme dieser soeben gemachten Feststellung zuzuordnen.

Stattdessen plappere ich weiter vor mich hin. „Ich gebe unumwunden zu, dass ich sehr nervös war. Den ganzen Tag über stand ich völlig neben mir."

So ein klitzekleines Zugeständnis kann ich ja ruhig machen.

„Und es gibt wirklich selten Anlässe, bei denen ich überlegen muss, was ich anziehen soll." Mein Lächeln ist zuckersüß.

Das auf diese Worte folgende unverschämte Grinsen lässt mich meine Offenheit unverzüglich bereuen.

Selbstgefällig gleitet sein Daumen über sein Kinn. „Ich will mich nicht selbst beweihräuchern, aber ich gehe schwer davon aus, dass unser *Rendezvous* der Grund für deine Unpässlichkeit war."

Einfach widerlich, der Typ.

Ich übergehe diese lapidare Feststellung.

Er setzt sich zurück, funkelt mich an.

„Und? Hat sich an dieser Nervosität bereits irgendetwas geändert?" Glühende Augen begegnen meinen. „Das Klamottenproblem hast du ja äußerst eindrucksvoll zu lösen gewusst."

War das jetzt ein Kompliment?

Ich nehme es mal als solches.

„Nun, ich trage ein Kleid, darauf kannst du dir ordentlich etwas einbilden. Das ist ansonsten wirklich nur Martin vorbehalten. Und ich meine … sieh mich an. Das ist kein Kleid, sondern ein Statement."

„Ich fühle mich geschmeichelt." Er presst seine Lippen fest aufeinander. Ein Zucken seiner Wangenmuskeln verrät seine Erheiterung.

Mein Nicken hingegen ist äußerst gönnerhaft. „Sehr gern. Wir wissen ja beide, wohin das führt … mich nämlich auf ein Hausdach, von welchem ich nur über den Rosenbogen nach unten gelange. Und dich bringt es gegenüber deiner Freundin nur in Erklärungsnot." Ein theatralisches Aufseufzen meinerseits unterstreicht meine Worte.

Ein Hoch auf diese alkoholgeschwängerte Ehrlichkeit.

„Ich merke schon, es ist wird ein hartes Stück Arbeit, dich von meinen durchaus edlen Motiven zu überzeugen."

Ich schnaube undamenhaft, widme mich einer übrig gebliebenen Olive. „An deinen Motiven zweifele ich nicht im Geringsten."

„Doch, das tust du ganz offensichtlich …"

Diese unterschwellige Vibration seiner Stimme lässt mich die Luft anhalten. Mein Kopf schnellt nach oben, begegnet seinem Blick.

Und für einen kleinen Moment steht die Zeit still.

Ich versinke in seinen Augen, vergesse zu atmen.

Heiliger Strohsack, warum geschieht das mit mir?

Ich möchte seinem brennenden Blick ausweichen, bin jedoch nicht in der Lage, nur einen Wimpernschlag zu tun.

Altobelli, wenn ich nicht eindeutig zu viel getrunken habe ...

Ich sollte aufstehen und gehen.

Sollte ... hätte ... könnte ...

Die winzigen Lachfältchen um seine Augen sind derart attraktiv, dass es mich schier überwältigt. Aber ich leide schweigend. Senke nach einer gefühlten Ewigkeit die Lider. Horche auf das wilde Klopfen meines Herzens, spüre das Pulsieren hinter meinen Schläfen.

Dabei hatte ich mir ursprünglich vorgenommen, dich aus dem Konzept zu bringen, du Schlingel. Nicht andersherum.

Auch Niklas ist plötzlich unerwartet ernst.

Ich bin mir der Blicke durchaus bewusst, die er mir über den Tisch hinweg zuwirft.

Unfähig, erneut darauf zu reagieren, esse ich betont langsam.

Versuche Zeit zu gewinnen, ohne überhaupt genau zu wissen, wofür.

Kapitel 13

Als Niklas die Serviette über seinen mittlerweile leeren Teller legt, scheint die Spannung zwischen uns fast unerträglich.

Seine Hand gleitet über den Tisch und ich halte die Luft an. Mit meiner möglichen Reaktion im Unklaren, sollte er sich entscheiden, ausgerechnet nach meiner Hand zu greifen.

Er nimmt lediglich sein Wasserglas, dreht es zwischen Daumen und Zeigefinger.

Ein Gefühl der Enttäuschung durchfährt mich.

Ich ziehe die verschmähte Hand zurück und kralle die Finger in meine Serviette.

Du bist wirklich eine dusselige Kuh, Isabell. Was soll er denn mit deiner Hand?

„Es tut mir leid." Seine fast gemurmelten Worte durchbrechen mein stummes Zwiegespräch. Erstaunt lasse ich von der Serviette ab, falte meine Hände vor mir auf dem Schoß.

Jetzt kommen wir der Motivation dieser Einladung also näher …

„Was genau tut dir leid?" Meine Kehle verengt sich deutlich und meine Nasenflügel beginnen zu kribbeln.

Zu viel Wein und eine emotionsgeladene Isabell - äußerst schlechte Kombination. In so vielerlei Hinsicht.

Denn wenn ich ehrlich zu mir selbst bin, möchte ich es gar nicht wissen.

Welche Frau hört schon gern, dass sie versehentlich geküsst wurde?
… Von Niklas versehentlich geküsst wurde.
Scheißdreck verdammter.

Niklas holt tief Luft. „Wie der Abend gestern geendet hat …“ Er fährt sich beschämt durch die Haare. „Es war nicht meine Absicht, dich in eine solche Situation zu bringen … geschweige denn auf ein Hausdach.“

„Oh, das …“, winke ich ab. „Ich habe bereits des Öfteren den Weg über die Terrasse gewählt.“

Mühsam zwinge ich mich zu einem festen Ton. Kein Zittern darf meinen Gemütszustand verraten.

Zumal ich mir selbst noch nicht im Klaren darüber bin, wie ich mich eigentlich zu fühlen habe.

Ein wenig zynisch darf ich wohl sein. „Allerdings hatte ich da meistens Schuhe an.“

Sein Grunzen lässt mich bitter auflachen.

Hilflos kräuselt er seine Stirn. „Wirklich, Isabell. Ich war nicht darauf vorbereitet, dass das zwischen uns passiert. Und wenn ich könnte …“

„… würdest du es ungeschehen machen, blablabla … Schwamm drüber, Niklas, es ist alles in Ordnung. Ich bin schon ein großes Mädchen.“ Meine Stimme klingt gegen meinen Willen belegt und ich kippe mein nächstes Glas Wein einfach hinunter.

Fang jetzt bloß nicht an zu heulen.

„Das war es nicht, was ich sagen wollte.“ Dieses Mal fixiert er mich.

Die Schatten der Kerzen flackern über sein Gesicht, verleihen ihm eine finstere Entschlossenheit. Ich schlucke den Kloß in meinem Hals hinunter, begegne seinem Blick. „So? Welche Worte hättest du denn gewählt, um diese … diese … *Sache* zwischen uns zu entschärfen?“

Himmel, auf was habe ich mich hier nur eingelassen?

„Sache? Es wäre mir niemals in den Sinn gekommen, es eine *Sache* zu nennen." Er wirkt ein wenig fassungslos.

Ich fülle mein Glas erneut auf. Wein gibt es hier Gott sei Dank zur Genüge.

Ehe ich es an die Lippen führen kann, greift er nach meiner Hand, dreht es aus meinen Fingern. „Stell das mal kurz weg und höre mir eine Sekunde zu."

Die unerwartete Schärfe seiner Stimme lässt mich nach Luft schnappen.

„Bitte!", fügt er milder hinzu. Nachdrücklich beugt er sich über den Tisch. Meine Augenlider flattern, nervös benetze ich meine Lippen.

„Oooookay …" Etwas überrumpelt lehne ich mich zurück, starre ihn einfach nur an.

Reiß dich zusammen, Fräulein!

Niklas lässt meine Hand los, reibt sich die Augen mit den Handballen und für den Augenblick nehme ich ihm seine Unsicherheit tatsächlich ab.

„Himmel, Isabell, das hier ist wirklich schwierig." Ich vernehme eine Art Stöhnen und lege meinen Kopf schief.

„Was ist schwierig daran, mir einen Korb zu erteilen? Glaubst du wirklich, ich sei so blauäugig, irgendetwas in diesen Kuss hineinzuinterpretieren? Nein, mein Lieber. Also … nur Mut, immer raus damit." Ernüchtert schiebe ich mir die Haare hinter die Ohren.

„Einen Korb erteilen?" Perplex stiert er mich an. Dann lacht er. „Scheiße, du hast ja wirklich keine Ahnung."

Nein, die habe ich anscheinend nicht.

Stattdessen bin ich mächtig betrunken.

Rotwein ist nicht mein Freund.

Meine Zunge ist entsetzlich schwer und der Drang, meine Augen zu schließen, ist übermächtig.

Ich gebe ihm nach.

~oOo~

Er hätte es kommen sehen müssen.

Hier war eindeutig zu viel Wein im Spiel.

Jeder Versuch, Isabell zu wecken, ist kläglich gescheitert.

Es bleibt ihm gar nichts anderes übrig, als sie aus dem Stuhl zu heben und zu hoffen, dass im Hotel des Hauses noch ein Zimmer für die Nacht zu haben ist. Derart abgefüllt würde er sie wirklich nur ungern zu Hause abliefern.

Den strafenden Blick seiner Tante ignoriert er, als sie ihm die Schlüssel einer Suite übergibt. „Himmel, Nikki, das arme Ding."

„Das arme Ding, wie du sie nennst, hat sich vor meinen Augen vollllaufen lassen, Tante Molly. Ich konnte doch nicht ahnen, dass sie den Punkt ignoriert, an dem sie hätte Wasser trinken sollen."

Niklas betrachtet die schlafende Isabell.

Komatös wäre wohl das passendere Wort.

„Ich habe eben eine einzigartige Wirkung auf Frauen." Er kann sich ein Lachen nur schwer verkneifen ob dieser irrwitzigen Wendung.

Es ist noch nicht mal 21:00 Uhr und der Abend sollte gerade erst beginnen. Zumindest hatte er noch eine Menge vor.

Tja, jetzt ist er doch schon vorbei.

Den Arm unbewusst über seine Schulter gelegt, liegt Isabells Kinn an seiner Brust. Als wäre es das Normalste der Welt, sich von ihm quer durch das Haus tragen zu lassen.

Wieder schüttelt er den Kopf. Ja, er hatte sicherlich vor, sie ins Bett zu bringen … und das sah in seiner Vorstellung irgendwie anders aus.

Mit einem süßen Seufzen schmiegt sie sich in das Kopfkissen und er kann dem Drang nicht widerstehen, mit seinen Fingern durch ihre Locken zu kämmen.

Was muss es ein Gefühl sein, diese seidige Flut auf seiner nackten Brust zu spüren? Seine Hände tief darin zu vergraben?

Seine Fingerspitzen fahren über ihre nackte Schulter und er nimmt den Schauer durchaus wahr, der über ihre Haut wandert. Ein leises Lächeln auf den Lippen, küsst er Isabells Stirn.

„Oh Gott, was machst du nur mit mir?" Er schließt die Augen, atmet ein letztes Mal ihren Duft tief ein.

Ein Klopfen an der Tür holt ihn zurück in die Gegenwart. Wehmütig deckt er die schlafende Gestalt zu, ehe er die Türe zum Zimmer öffnet, um Klaras grinsender Schadenfreude zu begegnen.

„Na, du bist ja ein Hallodri … quatscht die Frau in den Tiefschlaf."

Niklas kratzt sich am Hinterkopf. „Vielleicht nehme ich beim nächsten Date nicht unbedingt den Weinkeller."

„Glaubst du tatsächlich, es gibt noch ein weiteres Date?"

Erst jetzt bemerkt er Isabells Schuhe in Klaras Hand. Sie klopft ihm süffisant auf den Oberarm, schiebt sich an ihm vorbei. „Sie sieht wirklich gut aus."

„Ja, und sie ist wirklich sehr betrunken."

Klara stellt die Pumps vor das Bett, setzt sich in einen der Sessel.

„Was hast du jetzt vor? Willst du dich danebenlegen?"

„Klara, rede bitte keinen Blödsinn." Unwirsch lässt er sich neben seiner Cousine nieder. „Ich werde jetzt als Erstes ihrer Großmutter Bescheid geben, dass Isabell dann wohl heute nicht mehr heimkommt."

Niklas massiert müde seine Nasenwurzel. „Dann besorge ich eine Aspirin für die kleine Schnapsdrossel und hoffe, dass sie mich nicht zum Teufel wünscht, wenn sie wieder nüchtern ist."

Klara hebt verstehend eine Augenbraue und betrachtet angelegentlich ihre Fingernägel. „Soso. Dann hat sie dich also noch nicht rangelassen."

Erstaunt stiert er seine Cousine von der Seite an. „Ist das so? Habt ihr tatsächlich alle eine solche Meinung von mir?"

„Na hör mal, … wie sollte man diese nicht haben? Ständig wechselnde Weibergeschichten … keine schafft es öfter als einmal in dein Bett. Hast du eigentlich nur eine ungefähre Vorstellung davon, wie viele gebrochene Herzen deinen Weg säumen?" Klara runzelt ihre hübsche Stirn. „Bei wie vielen Mädchen und Frauen ich Erste Hilfe leisten musste? Ich glaube sogar, viele waren nur mit mir befreundet, um irgendwie an dich heranzukommen."

Sie verschränkt die Arme vor ihrem Körper und spätestens jetzt bemerkt man ihre Ähnlichkeit zu Tante Molly.

Dieser vorwurfsvolle Ausdruck in den Augen, der einem unverzüglich ein schlechtes Gewissen beschert.

Ganz egal, ob man sich einer Schuld bewusst ist oder nicht. Irgendetwas wird man angestellt haben, das diesen Blick rechtfertigt.

„Du wirst immer mehr wie deine Mutter."

„Und du bist schon ein Abbild deines Vaters." Angriffslustig schiebt sie ihn von der Lehne des Sessels. „Kümmere dich um ihre Oma. Ich sorge gern für ein Kopfschmerzmittel."

Mit drohendem Zeigefinger verlässt er das Zimmer. „Hierüber haben wir noch nicht das letzte Wort gesprochen, sei dir sicher."

„Mir zittern bereits jetzt die Knie."

„Das sollten sie auch."

Ihr Lachen begleitet ihn die Treppe hinunter.

~oOo~

Es ist verflucht hell. Und es riecht falsch.

Ein Versuch, meine Augen zu öffnen, scheitert kläglich. Das dumpfe Klopfen hinter meinen Schläfen belehrt mich eines Besseren und lässt sie mich lieber noch fester zukneifen.

Was genau ist eigentlich gestern passiert?

Das Essen mit Niklas!

Entgegen jeder Vernunft richte ich mich kerzengerade auf.

Der Schreck, der durch meine Glieder fährt, als mir bewusst wird, dass ich nicht mal weiß, wo zum Henker ich überhaupt bin, ist mit nichts zu vergleichen, das ich bereits erlebt haben könnte.

In vino veritas ... dass ich nicht lache! Ha! Hahaha!

Ein prüfender Blick unter die Bettdecke lässt mich erleichtert in die Kissen zurücksinken.

Ich bin also noch angezogen.

Das scheint so ziemlich das einzig Positive an diesem Morgen.

Weder kenne ich dieses Zimmer noch die Uhrzeit.

Die unberührte rechte Seite neben mir legt die Vermutung nahe, dass nur ich in diesem Bett übernachtet habe.

So weit, so gut.

In was für einen Mist hast du dich da nur wieder hineinmanövriert, Isabell Holzer?

Der pelzige Geschmack in meinem Mund lässt mich angewidert das Gesicht verziehen.

OMA!

Ich springe förmlich aus dem Bett.

Der Schwindel, der mich unverzüglich fest im Griff hat, zwingt mich jedoch, meine Eile noch einmal genau zu überdenken.

„Scheißescheißescheißescheiße … Verfluchte Scheiße noch mal."

„Also, wenn das ein höfliches *Guten Morgen* sein soll, dann wünsche ich Ihnen ebenfalls eine *verfluchte Scheiße noch mal.*"

Erschrocken fahre ich zusammen, kralle meine schwitzenden Hände in die Falten meines ehemals wirklich schicken Kleides.

Niklas' Cousine steht in der Tür, verbietet sich ganz offensichtlich ein Lachen und hält mir ein Glas Wasser unter die Nase.

„Es freut mich, dass es Ihnen gut genug zu gehen scheint, um das Ausmaß ihres kleinen Saufgelages zu durchblicken."

„Jaja, wer den Schaden hat …"

„Nicht wahr? Und ich freue mich so sehr, dass es mal nicht ich war, die orientierungslos den Tag begrüßt."

Ich schnaube verächtlich. „Leider habe ich überhaupt keine Zeit, darüber nachzudenken, ob mir diese Situation womöglich peinlich sein sollte. Ich müsste wirklich auf dem schnellsten Weg nach Hause."

Die kleine runde Tablette in ihrer Hand habe ich eigentlich nicht mehr nötig. Katerkopfschmerzen plagen mich nicht.

Der Wein war wirklich gut.

Rein prophylaktisch schiebe ich sie mir in den Mund und spüle mit Wasser ordentlich nach.

Niklas' Cousine zaubert von irgendwo eine Einweg-Zahnbürste in mein Sichtfeld und ich entreiße sie ihr förmlich, nur um auf dem schnellsten Wege ins Badezimmer zu entschwinden.

In Ermangelung einer anständigen Zahnpasta gebe ich mich mit diesem merkwürdigen Pulver zufrieden, welches diese Zahnbürsten anscheinend ausmachen.

„Um Ihre Oma brauchen Sie sich keine Gedanken zu machen. Niklas hat sie bereits gestern Abend darüber in Kenntnis gesetzt, dass Sie die Nacht lieber in einem anderen Bett verbringen."

Ich weiß nicht, woran ich mehr Anstoß nehmen soll. Dass sie mir einfach ins Badezimmer gefolgt ist oder dass sie eindeutig zweideutige Schlüsse zu ziehen scheint, die jeglicher Grundlage entbehren.

Zumindest fast …

Ich werfe Klara die Tür vor der Nase zu, ehe ich meinen Mund ausspüle, um anschließend dem Druck meiner Blase nachzugeben.

Eine Dusche wäre herrlich, allerdings muss ich zuerst irgendwie nach Hause kommen.

„Ich soll Ihnen ausrichten, dass Niklas in zehn Minuten hier ist, um Sie nach Hause zu bringen."

„Das ist ja außerordentlich nett von ihm." Die geschlossene Tür allein verhindert, dass ich ihr die Zahnbürste durch die Visage ziehe. Als wenn ich ihr Kichern nicht hören würde. *Tzz.*

„Das habe ich ihm auch gesagt. Er hat mich gebeten, hier mit Ihnen zu warten." Sie steht noch immer unmittelbar im Türrahmen der geschlossenen Tür.

„Ich finde es ja ein wenig übertrieben. Sie werden ja wohl nicht aus dem Fenster klettern, oder?"

Ihr Lachen ist enervierend und ich beschließe, auf dem Klo sitzen zu bleiben.

Ich komme nicht umhin, mich darüber zu ärgern, dass es sich bei meinem persönlichen Schutzbunker um ein innen liegendes Bad handelt.

Irgendeine Möglichkeit der Flucht hätte sich sicherlich ergeben.

Egal, wie klein das Fenster gewesen wäre.

Aber ein Lüftungsschacht erscheint mir dann doch ein wenig waghalsig.

~oOo~

Müde wischt sich Niklas über die Augen. Diese Nacht wird sicherlich nicht in die Geschichte eingehen, so viel steht mal fest.

Isabells Oma war sichtlich irritiert über seine Nachricht. Nur mit Mühe konnte er sie davon abhalten, ihrer Enkelin sofort zur Hilfe zu eilen.

Mit Engelszungen musste er sie davon überzeugen, dass es Isabell gut gehe, wo sie jetzt sei.

Er musste sich persönlich dafür verbürgen, dass sie wohlbehalten wieder zu Hause ankommt.

Den kleinen Hinweis auf Fluchtgefahr hat er durchaus verstanden. Ist er doch bereits selbst Zeuge einer solchen Flucht geworden.

Klara musste ihm versprechen, sie nicht eine Sekunde aus den Augen zu lassen.

Den Volvo hat er bereits in den frühen Morgenstunden wieder gegen sein eigenes Auto getauscht, und dem Händler versprochen, sich noch mal mit ihm in Verbindung zu setzen.

Jetzt steht Isabell erst mal ganz oben auf seiner Liste der zu erledigenden Dinge.

Tante Molly öffnet ihm die Tür und drückt ihm ein Frühstückstablett in die Hand. „Hier, nimm es mit nach oben. Sie kann es sicherlich gebrauchen."

Der dampfende Kaffee schwappt in der Tasse hin und her, während er eine Stufe nach der anderen nimmt.

Vor der Zimmertür atmet er tief durch. Irgendwie wird er das Gefühl nicht los, dass ihm das Schwierigste noch bevorsteht.

~oOo~

Ich höre es klopfen und mein Herz macht einen Satz.

Ein Blick in den Spiegel lässt mich entsetzt wieder wegsehen.

Zerzauste Haare, verschmierte Mascara. Natürlich wasserfest. Ohne ein anständiges De-Make-up nicht zu retten.

Wenigstens hast du deine Zähne geputzt.

Klara steigt augenblicklich enorm in meinem Ansehen.

Mittlerweile ist mir meine derzeitige Situation mehr als nur peinlich. Ich hatte genügend Zeit, den gestrigen Abend Revue passieren zu lassen, während ich auf dem Klodeckel ausgeharrt habe.

Das ist so eine typische Isabell-Holzer-Aktion.

Ich betrinke mich einfach ordentlich ungeachtet der Tatsache, dass ich mich von meiner besten Seite zeigen sollte.

Wieder einen Mann verschreckt.

Nicht, dass ich diesen Mann haben wollte.

Aber jetzt habe ich ja meinen Standpunkt auch unmissverständlich klar gemacht.

Gott, wie gerne wäre ich aus einem Fenster geklettert.

Ich schließe meine Augen, ergebe mich äußerst widerwillig meinem Schicksal. Höre, wie sich Klara verabschiedet und presse mir Luft in die Wangen, die ich lautstark wieder entweichen lasse.

Es hat keinen Sinn, das Ganze länger als notwendig hinauszuzögern. Ich muss in die Werkstatt.

Leise drehe ich den Schlüssel und öffne die Tür.

Niklas steht mit dem Rücken zu mir, beugt sich über ein Tablett mit Croissants und Kaffee.

Kaffee ...

„Hey."

Er dreht zuerst seinen Oberkörper in meine Richtung, mustert mich aufmerksam. Zu aufmerksam.

Die Besorgnis in seinem Blick weicht einem vorsichtigen Lächeln, ehe er sich mir ganz zuwendet, einen Becher Kaffee in der Hand. „Selber *Hey.*"

Plötzlich ist mir mein Kleid zu eng und meine Hände beginnen erneut zu schwitzen.

Ich greife an ihm vorbei zu dem übrig gebliebenen Kaffee. „Ich gehe davon aus, dass dieser hier für mich ist?"

„Selbstverständlich." Er macht einen Schritt zur Seite, gibt mir den Weg frei. „Es sei denn natürlich, du hättest lieber ein Glas Rotwein."

„Du bist so unglaublich witzig." Ich bemühe mich um einen ansprechenden Singsang in meiner Stimme.

„Ja, das behaupten viele."

„Was? Dass du witzig bist? Ich denke, eine dich beschreibende Charaktereigenschaft wäre eher überheblich, verwöhnt."

Er zieht die Augenbrauen zusammen. „Du bist von mir abhängig und bewirfst mich mit Steinen?"

„Abhängig?" Fast kommt mir der Kaffee wieder durch die Nase.

Selbstgerecht entfernt er einen imaginären Fussel von seinem Ärmel. „Ohne mich kommst du nicht nach Hause."

„Wenn du dich da mal nicht irrst."

Er ist ja so niedlich in seinem unerschütterlichen Selbstvertrauen.

„Wo du schon mal hier bist, kannst du mich tatsächlich heimbringen." Ich beiße in eines der verführerischen Croissants und bedaure, dass sich keine Marmelade auf dem Tablett befindet.

Wieder ruht sein Blick auf mir und mir wird abwechselnd heiß und kalt.

Das Croissant verliert seinen Geschmack. Ich schlucke es schnell hinunter, wende mich ab.

Greife nach meinen Schuhen, die völlig vergessen auf dem Boden stehen.

„Wir können sofort los, wenn du so weit bist." Niklas verlässt den Raum und mir bleibt nichts, außer seinen Schritten zu lauschen, die sich immer weiter von mir entfernen.

Ich verabschiede mich bei Niklas' Tante, entschuldige mich für die Unannehmlichkeit. Sie winkt lediglich ab, drückt mich an ihre Brust. „Bitte, Sie müssen mir versprechen, mich noch einmal zu besuchen."

„Das mache ich. Wenn Sie mir im Gegenzug versprechen, mich nicht mit dem Rotwein in einen Raum zu stecken." Verschämt blicke ich auf meine Füße, als sie lauthals beginnt zu lachen und mir meine Haare hinter die Ohren schiebt. „Das verspreche ich. Unser Bier ist auch nicht zu verachten."

Ich stimme in ihr Lachen ein und wundere mich, dass sie tatsächlich zu Niklas' Familie zu gehören scheint.

Sie ist so nett.

Molly begleitet mich auf den Parkplatz.

Niklas lehnt gegen ein nagelneues BMW M4 Coupé in Silber metallic. Erneut füllen sich meine Lungen mit Sauerstoff.

Der Architekt ist entweder eine Koryphäe in seinem Job oder er ist Daddys Darling.

Auf jeden Fall kostet dieser Schlitten mehr, als meine Werkstatt wert ist.

Und ich habe noch nie in einem solchen Wagen gesessen.

„Wow ... ich meine ...", langsam erhöhe ich meine Geschwindigkeit, „... das ist ein wirklich schniekes Gefährt."

„Willst du es fahren?" Niklas hält mir den elektronischen Schlüssel hin. „Ober fühlst du dich noch zu tatterig zum Lenken, obwohl du über 12 Stunden geschlafen hast?"

Sein Grinsen sollte abartig auf mich wirken, aber er hält einen wundervollen Köder in seinen wunderschönen langen Fingern.

„Bist du verrückt? ... Ich meine ... meinst ... meinst du das etwa ernst?" Meine Kopfhaut prickelt und ein ungeahntes Glücksgefühl pulsiert durch meine Adern. „Das meinst du ... du meinst es völlig ernst, nicht wahr?"

Niklas nickt lediglich.

Ein Krampf meiner Wangenmuskeln erinnert mich daran, einen anderen Gesichtsausdruck auszuprobieren.

Doch ehe ich den Schlüssel zu fassen bekomme, zieht er ihn zurück. „Das Ganze hat eine Bedingung."

Meine Hand schwebt in der Luft.

Ich strecke meine Finger, drehe mich weg. „Oh, ich wusste es! Die Sache hat einen Haken."

„Einen Haken? So würde ich es nicht nennen. Eher eine Wiedergutmachung von deiner Seite."

Jetzt bekommt er meine Aufmerksamkeit. „Eine Wiedergutmachung? Wofür?"

„Soll das ein Witz sein? … ich bitte dich um ein Essen, und du betrinkst dich hoffnungslos. Das schreit förmlich nach einer Wiedergutmachung, findest du nicht?" Sein Zeigefinger legt sich über seine Lippen, während seine Stirn sich fragend kräuselt.

„Und wie soll diese Wiedergutmachung deiner Meinung nach aussehen, hmm?" Meine Fäuste in die Hüften gestemmt bin ich durchaus bereit, für die Fahrt in diesem Autochen zu kämpfen. Ich meine, wir sprechen hier von Sex auf vier Rädern!

„Ach, ich dachte an nichts Großartiges. Du kommst zu mir, wir sehen uns einen Film an, oder ich koche uns etwas Nettes … irgendwas in der Richtung." Er öffnet die Fahrertür, winkt mich hinein.

Ich zögere noch. Nur fürs Protokoll.

Oh, er hat dich so was von im Sack, Isabell.

„Isabell, nun komm schon. Ich muss ins Büro, du in deine Werkstatt. Wir wissen beide, dass dir eine Fahrt in meinem Batmobil mehr wert ist, als mich zu Hause besuchen zu müssen."

Er ist vermessen.

Snobistisch, eitel und ein wenig herablassend.

Doch er hat so was von recht.

Und dass er es weiß, zeigt mir nur, dass ich unbedingt an meinem Pokerface arbeiten muss, als ich mich in das todschicke Leder gleiten lasse.

„Uhhuuu, Baby, Mami ist zu Hause." Ich beiße aufgeregt auf meiner Unterlippe herum und wische meine Hände zuerst an meinem Kleid ab, ehe ich das Sportlenkrad berühre.

„Sechszylinder B-Turbo, 431 PS in 4,1 Sekunden auf Hundert. Ein heißes Gefährt. Ein wirklich, wirklich heißes Gefährt."

Mit gespreizten Fingern lasse ich meine Handballen über das Leder meines Sitzes gleiten, streichele die Karbonleisten, kneife mich in den Oberarm, nur um ganz sicher zu sein.

Es ist kein rotweingeschwängerter Traum.

Nein.

Ich sitze tatsächlich in einem BMW M4.

Kapitel 16

Niklas bemüht sich, nicht allzu ängstlich zu wirken.

Sein Lächeln wirkt ein wenig hölzern und die Schweißtropfen auf seiner Stirn verwischt er unauffällig mit dem Ärmel.

Ich sehe mich weder Willens noch in der Lage meinen Fuß vom Gas zu nehmen.

„Du hast doch wohl keinen Schiss, oder?" Ich kann mir ein schadenfrohes Grinsen nicht verkneifen.

„Schiss ist nicht das richtige Wort. Ich habe eher Respekt vor deiner Fahrweise." Er keucht auf.

„Selbst schuld. Du lässt mich dieses kleine Auto im Wert einer mittelgroßen Eigentumswohnung fahren, ohne dich vorher davon zu überzeugen, ob ich überhaupt fahren kann. Jetzt lerne und leide, mein Freund."

Jaaahaaa, ich bin die Königin der Welt.

Seine Hände krallen sich in die Oberschenkel und ich drücke noch ein klein wenig mehr aufs Gaspedal.

„Dein Beruf weckt Vertrauen. Ich war wohl töricht in dem Glauben, dass du vorsichtig fährst. Aber hier spricht wohl noch der Alkohol aus dir. Erinnere mich daran, dass ich das Fahrwerk niemals auf *Sport* stelle, solltest du fahren."

… solltest du fahren …

Ich muss schlucken, so gut hört es sich an.

Ein Versprechen.

Mein Grinsen wird noch breiter, sollte das überhaupt möglich sein.

„Es waren doch nur 5 oder 6 Gläschen Rotwein. Ich vertrage ihn nicht sonderlich gut. Vielleicht bedenkst du das einfach beim nächsten Mal."

Jedoch frage ich vorsichtig noch mal nach. „Wie genau hast du dir das mit dem neuerlichen Date denn vorgestellt?"

Niklas braucht einen kleinen Augenblick, ehe er mir antwortet. Kurz kratzt er sich am Hinterkopf.

Ich bin jedes Mal entzückt, wenn er das tut.

„Nun, ich habe heute keine wichtigen Termine. Ich könnte dich gegen 19:00 Uhr abholen, wenn du magst."

Nachdenklich beiße ich mir in die Wange.

Die Vorstellung, zu ihm nach Hause zu fahren, lässt mich bereits kribbelig werden.

Allein. Mit ihm. In seiner Wohnung.

Ohne eine Großmutter nebenan, die hin und wieder mal fragt, ob noch jemand Cola oder Kekse haben möchte.

Da begibst du dich auf ganz gefährliches Terrain, liebe Isabell.

Dennoch. Es ist zu verlockend. Er ist zu verlockend.

Vielleicht liegt es am Auto, dass ich mich verwegen und mutig fühle.

„Gut. Abgemacht. Ich komme mit meinem eigenen Wagen." Mein Herz klopft hastig gegen meine Rippen und ich starre in den Verkehr vor mir, in der Hoffnung, dass er meine Aufregung nicht bemerkt.

Nachdem mich Niklas mit einem flüchtigen Kuss auf die Wange und seiner Adresse verabschiedet, bekomme ich erste Zweifel, ob die Entscheidung, mich mit ihm zu treffen, wirklich eine so gute Idee ist.

Wie soll ich nur einen Abend mit ihm überstehen, ohne schwach zu werden?

Mich erneut zu betrinken, steht irgendwie nicht zur Debatte.

Ebenso wenig, wie uns Christina noch einmal stören wird.

Davon gehe ich wenigstens aus.

Also bleibt mir nichts, als mich auf meinen gesunden Menschenverstand zu verlassen.

Und wohin mich der die letzten Tage geführt hat, ist ganz offensichtlich.

Irgendetwas hat meine Synapsen durcheinandergewirbelt. Und zwar gründlich.

Das Gefühl berauscht mich. Ich habe mich lange Zeit nicht mehr so lebendig gefühlt.

Sollte der Preis hierfür sein, dass ich mich von einem Mann wie Niklas einwickeln lasse, hat es durchaus seine Vorteile.

Er riecht verdammt gut, kann durchaus charmant sein und selbst wenn ich mich noch so sehr sträube, er bemüht sich um mich.

Bis hierhin schon mal vielversprechend.

Von dem Auto mal ganz zu schweigen.

Welcher Mann hätte mich um eine erneute Verabredung gebeten, nachdem ich mich derart abgefüllt habe?

Da gäbe es wahrscheinlich nicht sonderlich viele.

Und es hätte mich durchaus schlimmer treffen können.

Niklas Baringhaus ist ein Sahneschnittchen.

Und welche Frau kann zu Süßkram schon *Nein* sagen?

Dem ist nichts weiter hinzuzufügen.

Vorerst …

„ISABELL!" Oma steckt den Kopf aus dem Fenster, winkt mich hektisch ins Haus.

Wieder beschleicht mich das schlechte Gewissen.

Sie ist nicht mehr die Jüngste und das Allerletzte, was ich möchte, ist, dass sie sich um mich Sorgen macht.

Ich folge ihrem Ruf und wappne mich bereits vor ihrer Strafpredigt. Die nicht erfolgt.

Sie ist blass um die Nase und ihre Augen wirken betrübt.

„Oma, es tut mir schrecklich leid." Ich nehme sie in die Arme, drücke sie an mich.

„Es ist gut, Kind. Herr Baringhaus war hier, hat mir erzählt, dass es dir plötzlich nicht gut ging. Obwohl ich noch immer nicht verstehe, warum du mich nicht einfach angerufen hast, anstatt den armen Kerl den weiten Weg hierherzuschicken, nur um mir das auszurichten."

Etwas vorwurfsvoll zuckt sie mit den Achseln und ich bin bar erstaunt, dass Niklas ihr nichts von meinem eklatanten Absturz berichtet hat.

Er steigt noch ein Stüfchen höher auf meiner Pro-Niklas-Liste.

„Mach dir keine Gedanken. Hauptsache, du hast nicht auf mich gewartet."

Sie hält mich auf Abstand, sieht mir ins Gesicht. Die Besorgnis zeichnet tiefe Furchen auf ihre Stirn.

„Isa, die Bank hat angerufen. Es gibt einen Kaufinteressenten für das Grundstück. Sie können an der uns gewährten Stundung nicht festhalten."

Ihre Worte erreichen mich nur schleppend, dafür mit voller Wucht.

„Was meinst du damit, es gibt einen Kaufinteressenten? Wir verkaufen nicht." Meine Beine geben nach und in meinem Kopf beginnt es zu schwirren. „Ich muss … das ist ein Missverständnis. Oma, sie müssen sich irren. Wir haben einen Zahlungsaufschub erhalten."

Sie legt ihre kühle Hand auf meine heiße Wange. Eine sonst so tröstende Geste. „Beruhige dich. Vielleicht rufst du noch mal bei Herrn Jäger an. Es kann ja durchaus sein, dass ich es nicht richtig verstanden habe."

Ich sehe ihr an, dass sie jedes Wort unseres Bankberaters richtig verstanden hat.

Und fast wünsche ich mir die Weinseligkeit von gestern zurück.

Einfach einschlafen, ohne einen Gedanken daran zu verschwenden, dass das Erwachen am Morgen alles andere als rosig sein wird.

„Verflixt und zugenäht. Immer diese leeren Versprechungen. Mit mir können sie es ja machen." Wutschnaubend winde ich mich an ihr vorbei, suche das Telefon, prügele die Nummer quasi in die Tastatur und verabscheue jedes einzelne Freizeichen in der Leitung, ehe sich Herr Jäger endlich meldet.

„Was meinen Sie genau, wenn Sie gegenüber meiner Großmutter behaupten, Sie hätten einen Kaufinteressenten? Wir verkaufen nicht, Herr Jäger. Und Sie waren mit mir einer Meinung, dass es nur einige Monate braucht, bis die Werkstatt ihren Rhythmus gefunden hat und wieder Gewinne abwirft."

Ich rede mich in Rage. Vor meinem inneren Auge lockert dieser kleine Kobold gerade seinen Krawattenknoten, ehe er mir antworten wird.

Ich hatte immer den Verdacht, dass er mit einem fürchterlichen Minderwertigkeitskomplex zu kämpfen hat.

Allein die Tatsache, dass ich ihn fast um eine Kopflänge überrage, scheint ihn ungemein einzuschüchtern. Allerdings liegt es gerade eben außerhalb meines Bestrebens, auf seine Befindlichkeiten Rücksicht zu nehmen.

Sein Zögern bestärkt mich nur in meiner Vermutung.

„Herr Jäger? Sind Sie noch in der Leitung? Hören Sie, ich gehe davon aus, dass es sich hier um einen Irrtum handelt. Schließlich habe ich Ihre Zusage, dass ich die monatlichen Zahlungen für drei Monate aussetzen kann. Dieser Zeitraum ist noch nicht verstrichen."

Dass er mir noch immer nicht geantwortet hat, macht mich langsam rasend. Gerade als ich etwas Passendes in den Hörer schreien möchte, piepst er mir ins Ohr. „Frau Holzer, Sie müssen verzeihen, leider obliegt mir nicht die alleinige Entscheidungsgewalt über gewährte Darlehen und deren Stundung. In Ihrem Fall hat es sich leider ergeben, dass man mit einem Kaufangebot an uns herangetreten ist. Ich konnte das leider nicht kommentarlos unter den Tisch fallen lassen. Sie müssen das verstehen …"

„Gar nichts muss ich, verflixt. Wer sind Sie, dass Sie sich aufspielen, als würde Ihnen die Welt gehören? Ich werde nicht verkaufen. Basta."

„Frau Holzer, bitte beruhigen Sie sich. Niemand spricht davon, dass Sie dieses Angebot annehmen müssen. Und wie bereits erwähnt, es ist nur ein Angebot." Ich höre das schwere Atmen des Kobolds. „Vielleicht schaffen Sie es ja heute oder morgen mal herzukommen. Dann bereinigen wir diese leidige Angelegenheit."

Meine Hände zu Fäusten geballt bemühe ich mich um einen sachlichen Ton. „Gut, ich bin morgen Vormittag bei Ihnen."

Erleichtert schnauft er in mein Ohr.

„Herr Jäger, nur damit wir uns richtig verstehen - ich werde auf keinen Fall verkaufen."

„Bitte, Frau Holzer, kommen Sie morgen her, dann besprechen wir alles Weitere. Ist das in Ordnung für Sie?"

„Nein, das ist überhaupt nicht in Ordnung für mich."

Ehe er noch etwas sagen kann, beende ich das Telefonat. Meine Nase kribbelt und meine Augen brennen.

Du wirst nicht heulen, Isabell Holzer. Das bekommst du hin. Genauso wie du alles andere auch immer hinbekommst. Verflucht noch mal.

Und ich greife nach der Tasse Kakao mit extra Sahne, die meine Oma vor mir abgestellt hat.

Kapitel 17

Ich grübele lange darüber nach, wer für meine Werkstatt ein Kaufangebot unterbreitet haben könnte.

Wer wissen könnte, dass ich in einen Engpass geraten bin.

So sehr ich mir das Hirn zermartere, es will mir nicht in den Sinn kommen. Selbst die Arbeit kann mich heute nicht genügend ablenken.

Am frühen Nachmittag schließe ich zu und begebe mich zurück ins Haus.

Wie ich es drehe und wende, ich muss den morgigen Termin mit Gollum abwarten. Denn Herr Jäger scheint im Moment der Einzige zu sein, der meine Fragen beantworten kann.

Der erneute Vorstoß meiner Großmutter, Martin endlich in die Misere einzuweihen, ihn um Geld zu bitten, weise ich noch immer vehement von mir.

Ich weiß, dass sie sich Sorgen macht, aber ich muss das allein schaffen. Die Werkstatt gehörte meinem Vater und jetzt nach seinem Tod eben mir. Und ich bin es meinem Vater schuldig, dieses Andenken zu bewahren und mit Respekt zu behandeln.

Indem ich mich immer weiter in die Schuld Dritter begebe, ist das Ergebnis doch eher destruktiv.

Das erfasse ich sogar ohne ein Betriebswirtschaftsstudium. Wenn auch Martin diese Ansicht niemals teilen würde.

Ich sehe das als eine weitere Schwierigkeit, aus der ich gestärkt hinausgehen werde. Selbstverständlich als Siegerin.

Für heute belasse ich es dabei.

Jetzt gilt es, andere Schlachten zu gewinnen.

Was gibt es Schöneres als ein übertriebenes Schaumbad, in dem man vollends versinken kann? Einen Augenblick gelingt es mir, mich treiben zu lassen.

Alles wird gut, mein Kind. Du wirst schon sehen, es kommt eine Zeit, da kannst du über den heutigen Tag lachen.

Meine Mutter sitzt neben meiner Badewanne, betrachtet mich mit ihren strahlenden Augen, schenkt mir die notwendige Zuversicht.

Ich wünsche mir so sehr, dass sie recht behält. Und dass sie noch hier wäre.

Und hier in der Abgeschiedenheit meines Badezimmers gestatte ich mir eine Träne der Sehnsucht. Nach meiner Mutter, die mir so unendlich fehlt.

Sicher, ich habe meine Großmutter und sie ist mir unendlich wichtig. Ein Mädchen braucht eben manchmal seine Mutter. Ihre Liebe, ihren Rat, ihre richtungweisenden Worte.

Sie wüsste ganz genau, was zu tun ist. Mit der Werkstatt, der Bank, mit Niklas.

Ich schließe meine Augen, fühle mich plötzlich unendlich müde. Mit einem resignierten Seufzen tauche ich in meinen Badeschaum ab.

„Wann kommst du nach Hause, mein Schatz?" Sie bemüht sich, diese Frage nebensächlich klingen zu lassen. Mich täuscht die alte Frau nicht so leicht.

„Oma, bitte mach dir keine Sorgen. Ich komme nicht so spät."

Sie schnalzt abfällig mit der Zunge. „Wirklich, Isa. Die letzten Tage bist du derart durch den Wind, dass ich dir am liebsten Hausarrest verpassen möchte, damit du keinen Unsinn machst."

„Was sollte ich denn für einen Unsinn machen, bitte? Ich bin zum Essen eingeladen. Nicht mehr und nicht weniger."

„Genau wie vorgestern Abend, meinst du? Als du ohne Schlüssel und Schuhe Steine gegen mein Fenster geworfen hast? Oder eher so wie gestern Abend, als du erst gar nicht nach Hause gekommen bist?" In ihre Schürze gehüllt, schwingt sie den Kochlöffel mahnend durch die Luft. „Also? Welche Art von *Essen* ist es heute, Isa? Dann kann ich mich darauf einstellen und muss mir nicht den ganzen Abend Gedanken um dich machen."

Ein kleines Schuldgefühl zwickt mich doch in den Magen. „Ich nehme mein Auto, werde keinen Tropfen Alkohol trinken und ganz sicher nicht barfuß heimkommen."

Die Mutter meiner Mutter presst die Lippen fest zusammen. „Du bist um Mitternacht wieder hier, verstanden?"

Ich lächle verständnisvoll. „Ich bemühe mich und verspreche dir, ich melde mich bei dir, sollte es später werden. Ist das okay für dich?" Ich mache einen Schritt auf sie zu, presse sie an mich. „Es tut mir leid, dass ich mittlerweile zu alt bin für so etwas wie Stubenarrest."

Sie klopft mir mit dem Löffel kurz auf den Po. „Sei dir da mal lieber nicht zu sicher. Zur Not versohle ich dir ordentlich deinen Hintern, Fräulein. Das hat bisher noch keinem geschadet."

Mit einem Kichern drücke ich einen Kuss auf ihre Wange. „Ich muss los."

„Jaja, hau schon ab." Sie wendet sich wieder dem Herd zu und ich atme tief durch, hoffe, dass ich ihr nicht zu viel versprochen habe.

Wie sagte bereits Oscar Wilde? *Versuchungen sollte man nachgeben. Wer weiß, ob sie wiederkommen.*

Das Navi meines alten Peugeot 205 Cabrio verrät mir, dass meine Versuchung ca. elf km von mir entfernt wohnt.

Mit klopfendem Herzen verlasse ich den Hof und bin mir sicher, dass das flirrende Gefühl in meiner Magengegend nicht unbedingt mit Hunger zu erklären ist.

~oOo~

Niklas hat das Büro bereits am frühen Nachmittag wieder verlassen.

Zum einen gab es nichts wirklich Dringendes zu tun und zum anderen war das wohl die einzige Möglichkeit, Christina aus dem Weg zu gehen.

Sie hat mehrere kryptische Nachrichten auf seinem Anrufbeantworter hinterlassen. Es sei unglaublich wichtig, ihn zu sprechen. Es gebe da ein großes Projekt, bei dem sie ihn unbedingt mit im Boot wissen möchte.

Seine Assistentin soll sich einfach um einen gemeinsamen Termin kümmern. Später.

Ihm war bereits vorgestern bewusst, dass Christina seine klaren Worte ihren gemeinsamen Umgang miteinander betreffend nicht so stehen lassen werde. Momentan hat er keine Lust, sich damit auseinanderzusetzen.

Heute möchte er lieber darüber nachdenken, ob er den großen Tisch im Esszimmer eindecken soll oder ob er es lieber bei der Küche belässt. An dem Bartresen ist auch genügend Platz und vielleicht wirkt das nicht ganz so großspurig.

Scheiße, wann war er denn das letzte Mal so unsicher?

Diese Frau gehört endlich in sein Bett, damit das ein Ende hat. Das ist ja auf Dauer nicht auszuhalten.

Niklas wirft einen Blick in den Ofen.

Die Lasagne sieht fantastisch aus. Seine Tante wäre stolz auf ihn.

Soll noch mal jemand behaupten, er könne nicht kochen.

Er gibt zu, dass er Molly zwischendurch anrufen musste, um sich zu vergewissern, dass er das Rezept richtig verstanden hat. Letztendlich ist er äußerst zufrieden mit sich selbst.

Auf jeden Fall wird er seine Kochkunst bei der nächsten Frau direkt noch mal ausprobieren. Es kann nicht schaden, mal mit etwas anderem Eindruck zu schinden als mit teuren Autos.

Wieder denkt er an Isabell und ihr Gesicht, als sie in den BMW eingestiegen ist. Ungläubig hat sie ihn angestarrt, bis ihr bewusst wurde, dass er es ernst damit meinte, sie fahren zu lassen.

Himmel, am liebsten hätte er sie an sich gezogen, sie geküsst, seine Hände in ihren wilden Locken vergraben.

Diese absolute Fassungslosigkeit in ihren Augen, als er ihr den Schlüssel in die Hand gedrückt hat.

Verdammt, er möchte sie noch mal so sehen. Und er möchte erneut der Grund für diesen Ausdruck in ihrem Gesicht sein.

Niklas fährt sich durch die Haare, schmunzelt über sich selbst.

In einem Moment denkt er darüber nach, welche andere Frau in den Genuss seiner neu erworbenen Kochkunst kommen dürfte und im nächsten dann, ob es ihm noch mal gelingen würde, vor Isabell zu glänzen.

Er ist sich manchmal selbst ein Rätsel.

~oOo~

Niklas öffnet mir die Tür. Tief sitzende Jeans, ein weißes T-Shirt, das seine leicht gebräunte Haut nur unverschämt unaufdringlich zur Geltung bringt. Jeden Muskel seines Oberkörpers vorteilhaft betont.

Ich bin total darauf vorbereitet. Auf diese geballte Ladung Mann, die mich hier empfängt.

Meine Handinnenflächen fühlen sich klamm an und ich hoffe nicht, dass er mir die Hand zur Begrüßung reicht.

Einen Mundwinkel frech nach oben verzogen gibt er mir den Weg in sein Reich frei.

Es ist genauso, wie ich es mir vorgestellt habe. Ein großzügiges, lichtdurchflutetes Loft.

„Herzlich willkommen. Immer dem wundervollen Geruch nach, dann kommst du automatisch in die Küche."

Ich grinse ob dieser absoluten Bescheidenheit eines Niklas Baringhaus.

Jedoch muss ich gestehen, dass es köstlich duftet. So viel muss ich diesem selbstverliebten Mistkerl zugestehen.

Ich lasse meinen Blick schweifen, aber es ist tatsächlich die Einrichtung eines Junggesellen.

Kein Chichi schmückt die Wände, lediglich puristische Notwendigkeit in den Schränken.

Wenn auch durchaus kostspielige Notwendigkeit. Der Fernseher allein würde wahrscheinlich die komplette Wand meines Zimmers in Anspruch nehmen. Sofern ich ihn überhaupt durch die Tür bekäme.

Dieses urplötzliche Gefühl der Erleichterung, dass hier ganz offensichtlich keine Frau ihre Hand im Spiel hat, lässt mich an meinem derzeitigen Geisteszustand zweifeln.

Wie blauäugig müsste ich sein, nur im Entferntesten daran zu glauben, ich wäre die erste Frau in diesen vier Wänden.

~oOo~

Zum wiederholten Mal verschlägt sie ihm die Sprache. Sie trägt ihr lockiges braunes Haar offen. Eine schmale Jeans, Ballerinas, ein T-Shirt.

Nichts Ungewöhnliches. Nichts Übertriebenes.

Und dennoch ... für ihn ist das mehr, als er ertragen kann.

Er überspielt seine Verlegenheit mit der üblichen Arroganz, führt sie ohne Umwege in seine Küche.

Langsam wird es Zeit, sich am Riemen zu reißen.

Das fehlte gerade noch, dass ihn eine Frau über Gebühr aus der Ruhe bringt. Seinen inneren Frieden empfindlich stört.

Der heutige Abend endet in jedem Fall in seinem Schlafzimmer. Und morgen hat er dann den Kopf wieder frei für andere Herausforderungen.

Er ist immerhin Niklas Baringhaus.

Die Tatsache, dass er gerne Zeit mit Isabell verbringt, dass sie ihn zum Lachen bringt, ihn nervös werden lässt, lässt er einfach mal außen vor.

Es ist doch ungemein befreiend, wenn man sich Dinge schönreden kann.

~oOo~

Die Küche ist riesig. Eine Kochinsel in der Mitte, an deren Tresen bereits zwei Teller stehen. Den Weingläsern werde ich heute mal keine Beachtung schenken.

„Die Küche drängt mir die Vermutung auf, dass du gerne kochst."

„So? Tut sie das?"

Niklas deutet auf einen der Barhocker. Ich klettere hinauf, sehe hinter den Tresen.

Alles sauber und ordentlich. Die mattweiße Front der Schränke hat vereinzelte Fingerabdrücke, sodass ich den heutigen Kochvorgang durchaus nachkonstruieren könnte.

Bei Oma herrscht immer ein gemütliches Chaos in der Küche. Zeitungen auf der Eckbank, Gewürze, die sie vielleicht noch mal braucht, ihre Kochbücher, in die sie nie einen Blick wirft.

Hier hingegen wirkt alles piekfein und spießig. Nicht mal ein Toaster auf der Arbeitsplatte. Lediglich ein Kaffeevollautomat.

„Nein, doch nicht." Ich setze mich wieder gerade hin, schiebe das Besteck neben meinem Teller in die richtige Position „Es ist zu neu und durchgestylt. Warum benötigt jemand eine solch riesige Küche, wenn er sie nicht benutzt? Außer natürlich …", ich tippe mit meinem Zeigefinger gegen die Oberlippe, „er möchte an den richtigen Stellen angeben."

Mit hochgezogener Augenbraue fange ich Niklas' Blick ein. Der Aufschneider lehnt lässig gegen den freistehenden Kühlschrank. Doppeltürig. Das versteht sich ja von selbst.

Mit Eiswürfelbereiter und Wasserspender.

Er wirkt ein wenig indigniert. „Vielleicht habe ich meine Leidenschaft zum Kochen ja heute für mich entdeckt."

„Dann ist mir die Frauenwelt wohl zu Dank verpflichtet." Ich lege das Kinn auf meine ineinanderverschränkten Hände und lächle zuckersüß.

Er drückt sich vom Kühlschrank ab, macht zwei Schritte auf mich zu. Plötzlich ist sein Gesicht dem meinen so nah, dass ich seinen Atem auf meiner Haut spüren kann. „Ja, wer weiß. Vielleicht hast du mich wirklich dazu animiert. Also solltest du meine Leidenschaft in vollen Zügen genießen."

Damit habe ich nicht gerechnet.

Seine Stimme ist leise und rau, jagt mir einen Schauer über die Schulterblätter. Seine graugrünen Augen funkeln, während er mich taxiert.

Ich starre auf seinen sinnlich geschwungenen Mund und lecke über meine Unterlippe. Er bemerkt es, kommt noch ein Stück näher. „Ich hoffe, du hast Appetit mitgebracht."

Mir gelingt lediglich ein Nicken.

Prächtig, Isabell. Jetzt wäre genau der richtige Zeitpunkt, noch einmal darüber nachzudenken, wie es nicht laufen sollte.

Als würde diese eindeutige Zweideutigkeit seiner Worte nicht zwischen uns schweben, dreht er sich weg, zieht sich Topfhandschuhe über und öffnet den Ofen.

Ich nutze diese Zeit, um mich wieder zu fangen.

Wann war mir ein Mann derart gefährlich? Ich kann mich nicht daran erinnern.

Warum ausgerechnet Niklas Baringhaus?

Aus welchem Grund kann ich mich nicht in irgendeinen ganz normalen Typen vergucken?

Ich atme tief ein. Das ist das erste Mal, dass ich mir gegenüber direkt zugebe, dass ich mich zu Niklas hingezogen fühle, durchaus bereit bin, einen Schritt weiter zu gehen.

Ungeachtet der Tatsache, unter welchen Umständen wir uns kennengelernt haben. Dass ich ihn gerade mal drei Tage kenne.

Auch Martins mahnende Worte können nichts mehr daran ändern oder die Tatsache, dass Christina Zimmermann wie ein Damoklesschwert über mir zu schweben scheint.

Ob es natürlich eine erwachsene Entscheidung wäre, mich voll und ganz auf ihn einzulassen, sei mal noch dahingestellt.

Er ist ein Draufgänger, sich seiner Wirkung auf Frauen durchaus bewusst.

Und ich sollte mir zu schade sein, mich in die lange Liste seiner Eroberungen einzureihen.

Bisher ist noch nichts wirklich Bedenkliches geschehen und ich muss ja nicht unbedingt heute alles auf eine Karte setzen.

Der Gedanke daran erregt und erschreckt mich gleichzeitig.

Mal sehen, welches Gefühl am Ende dieses Abends überwiegt.

Die Lasagne schmeckt genauso wundervoll, wie sie duftet. Niklas sitzt neben mir und wir genießen schweigend unser Mahl.

Dass ich heute keinen Wein trinken werde, hat mein Gastgeber mit einem Schulterzucken quittiert, der stattdessen ein alkoholfreies Bier vor meinen Teller stellt.

„Wieso lebst du mit deiner Oma in diesem Haus? Was ist mit deinen Eltern?"

Eine völlig beiläufige und absolut harmlose Frage.

Dass er sie mir stellt, verrät mir, dass er nicht mit Martin über mich gesprochen hat.

Eine bleierne Schwere legt sich auf mein Herz und ich muss tief durchatmen, ehe ich darauf antworten kann.

Er bemerkt mein Zögern, rudert augenblicklich zurück. „Es tut mir leid. Ich wollte nicht …"

Ich wische den Einwand beiseite. „Nein, es ist in Ordnung. Es ist nur noch immer ein merkwürdiges Gefühl, darüber zu sprechen." Ich zwinge mich zu einem Lächeln. „Obwohl es schon so lange her ist."

Mein Blick versinkt in der Flamme einer Kerze, die Niklas auf unserem Tresen platziert hat, und das Lachen meiner Mutter erfüllt meine Erinnerung, die Umarmung meines Vaters wärmt meine Haut.

Ich schließe die Lider, als könnte ich diesen Moment so noch etwas länger festhalten.

„Sie hatten einen Motorradunfall." Ich flüstere die Worte an dem Kloß in meiner Kehle vorbei und verschlucke mich fast daran. Als ich die Augen wieder öffne, liegt Niklas' warmer, mitfühlender Blick auf meinem Gesicht. „Du brauchst nicht darüber zu sprechen. Ich wollte keine Wunden aufreißen." Er greift nach meiner Hand und hat doch keine Ahnung, welche Gefühle er damit in mir heraufbeschwört.

Ich unterdrücke den Impuls, sie zurückzuziehen.

„Das tust du nicht. Ich rede einfach nur nicht so oft darüber. Die Menschen in meinem näheren Umfeld kennen die Umstände." Ich drücke seine Finger. „Ich war gerade 18 Jahre geworden, wusste noch nicht so recht, was ich mit mir und meinem Leben anfangen sollte."

Meinen Teller schiebe ich ein wenig von mir, stütze das Kinn auf die Handballen. „Martin wollte mich überreden, mit ihm die Uni zu besuchen. Was totaler Unfug gewesen wäre.

Meine Noten waren nicht besonders." Mit einem Schmunzeln erwidere ich seinen Blick. „Und ich will ehrlich sein, die Schule war mir immer zu theoretisch. Ich wollte etwas Handfestes lernen, das Sesselfurzen ist nie meins gewesen."

Niklas lacht leise auf, streicht mit dem Daumen über meinen Handrücken. Verlegen löse ich mich aus seinem Griff, nehme stattdessen meine Bierflasche.

„Und da hast du bei deinem Vater gelernt?" Er stellt unsere Teller zusammen, ehe er sich erhebt, um sie in der Spüle zu parken.

„Nein, er hat sich geweigert, mich auszubilden. Also hat er einen Freund gebeten, sich meiner anzunehmen." Auch ich erhebe mich, schiebe die übrig gebliebene Lasagne wieder in den Ofen. „Ich hatte gerade zwei Jahre Berufserfahrung, als es passiert ist. Irgendein besoffener Kerl hat meinem Vater die Vorfahrt genommen. Meine Mutter saß ebenfalls auf dem Motorrad."

Meine Finger krallen sich um den Griff des Ofens. „Also habe ich meinen Meister gemacht um die Werkstatt halten zu können."

Seine Augen ruhen auf meinen Händen, als er sich neben mich stellt, die eigene Hand auf meinen Rücken legt.

„Möchtest du Nachtisch? Ich hätte ein Mousse au Chocolat im Kühlschrank … ebenfalls selbst gemacht."

„Da sage ich doch nicht Nein."

~oOo~

Niklas widersteht dem Drang, Isabell in seine Arme zu reißen.

Sie wirkt so verletzlich, als sie sich an seinem Ofen festzuhalten scheint. Ihre Finger werden bereits weiß, als er sie berührt.

Sie so zwingt, sich auf etwas anderes zu konzentrieren.

Er könnte sich selbst ohrfeigen, dass er das Gespräch in diese Richtung gelenkt hat.

Isabell an den Tod ihrer Eltern zu erinnern … manchmal ist er wirklich ein Hornochse.

~oOo~

Er ist so unglaublich rührend in seinem Versuch, mich auf andere Gedanken zu bringen.

Er erzählt mir von seiner Kindheit. Dass er bei seiner Tante erwachsen geworden sei. Seine Mutter habe sich aus dem Staub gemacht, als er 16 Jahre alt gewesen sei.
Nachdem sein Vater sie ständig betrogen habe, hielte sie es nicht mehr aus.

Eine Boutique auf Marbella sei nun ihr neuer Lebensinhalt.

Niklas wollte weder nach Spanien noch bei seinem Vater und dessen ständig wechselnden Freundinnen bleiben.

Also zog er mit Sack und Pack zu seiner Tante, jobbte in dem Hotel, in welchem ich unlängst eine unfreiwillige Nacht verbracht habe, und studierte nach dem Abi eben Architektur.

Zu seinem Vater habe er keinen Kontakt mehr und die Beziehung zu seiner Mutter nennt er eher schwierig denn herzlich.

„Siehst du keine Möglichkeit, dich mit deinen Eltern wieder zu arrangieren?" Ich drehe meine Bierflasche in den Händen. Wir sind mittlerweile auf sein Sofa umgezogen.

Nun ja, nennen wir es einfach mal Sofa.

Auf dieser Eckcouch hätte sicherlich die gesamte Nachbarschaft Platz.

Allerdings kann ich hier durchaus einen angemessenen Abstand zu Niklas einhalten, ohne verkrampft zu wirken.

Meine Ballerinas stehen auf dem Boden, meine Beine habe ich untergeschlagen, ein Kissen liegt in meinem Schoß.

„Ich habe mich durchaus arrangiert, Kratzbürste. Meine Mutter besucht mich zu Weihnachten, stöhnt über den Flug, meckert über das schlechte Wetter in Deutschland. Und ich freue mich darüber, dass ich diesen Anstandsbesuch nur einmal im Jahr aushalten muss. Also bin ich ein vorbildlicher Sohn. Führe sie aus. Ins Theater, ins Kino, gehe schick mit ihr Essen. Wenn sie am Neujahrstag wieder abreist, bin ich unendlich erleichtert. Und was meinen Vater betrifft ... auf seine Gesellschaft lege ich keinen Wert. Molly und Klara, sie sind meine Familie." Er knibbelt das Etikett von seiner eigenen Bierflasche.

Seine Geschichte rührt mich. Die Wärme in seiner Stimme, wenn er von seiner Tante und Cousine spricht. Der traurige Unterton, wenn er seine Mutter erwähnt.

Ich kann nicht genau sagen, was mich dazu treibt.

Mein Bier stelle ich auf den Tisch, beuge mich vor, um ihn küssen zu können.

Er wirkt völlig überrascht von meiner plötzlichen Initiative.

Und ich bin nicht minder erstaunt über meinen Mut, die Dinge selbst in die Hand zu nehmen.

Mein Herz schlägt gegen meine Rippen und ein Schweißfilm bildet sich in meinem Nacken.

Er schmeckt ein wenig nach der Mousse au Chocolat. Süß und verführerisch.

Endlich kommt Leben in ihn. Er umfasst mein Gesicht, zieht mich ein wenig näher an seinen Körper. Sein Geruch umfängt mich, lässt mich schwindelig werden.

Ich suche Halt an seiner Brust.

Sein Herz schlägt fest gegen meine Handinnenfläche.

„Isabell?" Ein Atmen gegen meine Lippen.

Ich lasse meine Augen geschlossen, meine Stirn an seiner. „Mhhm?"

„Bist du dir wirklich sicher, dass du das möchtest?"

Das wäre also der Zeitpunkt, an dem ich noch einen Rückzieher machen könnte.

Wie außerordentlich nett von ihm, dass er fragt!

Ich kann nur nicken.

Mehr braucht er nicht. In seinem Kuss liegt jetzt keine Zurückhaltung mehr.

Er verlangt Einlass in meinen Mund, den ich ihm nur zu gerne gewähre. Fast schon ausgehungert saugt und neckt er, kostet und leckt und ich erwidere es nicht weniger gierig.

Seine Hände wandern von meinem Nacken über meinen Rücken, umfassen meinen Hintern, heben mich ein wenig an, positionieren mich auf seinem Schoß.

Ein Keuchen entfährt mir, als ich seine Härte zwischen meinen Beinen spüre. Unverhohlen reibt sie sich an meinem Schritt, macht keinen Hehl aus der Erregung.

Niklas küsst mein Kinn, fährt eine heiße Spur über meine Schlagader. Er platziert kleine Bisse an meiner Kehle, ohne die Hände von meinem Hintern zu nehmen.

Ich stehe bereits in Flammen, als er meinen Po hochdrückt, mich in eine über ihm kniende Stellung dirigiert.

Sein Zeigefinger malt den Umriss meiner Brüste, die er mit dunklen Augen betrachtet.

Mit dem Daumen reizt er meinen Nippel, der sich hart gegen den Stoff meines BHs drückt. Ein Schaudern durchfährt meinen Körper, lässt mich erzittern.

Niklas beginnt zu lächeln. „Wenn du jetzt bereits zitterst, was machst du erst, wenn ich in dir bin? Langsam in dich stoße … immer und immer wieder." Er zwickt mich in die harte Brustwarze.

Ich lege den Kopf ein wenig zurück. Lasse mich in meinen Empfindungen treiben.

Oh, heilige Maria. Beinahe hätte ich vergessen, was für ein Gefühl es ist …

„Isabell, wie wirst du zittern, wenn meine Hände über deinen Körper streicheln?" Seine Finger drücken gegen meinen Schritt. Feuchte Hitze sammelt sich zwischen meinen Beinen, lässt mich ungeduldig mit dem Becken kreisen.

„Genauso will ich dich. Willig und nackt in meinem Bett." Niklas hebt mein T-Shirt ein wenig an, umkreist meinen

Bauchnabel mit seiner Zunge, öffnet meinen Gürtel, den obersten Knopf meiner Jeans.

„Wo genau ist denn dein Bett?" Ich reiße ihn förmlich an den Haaren zurück, zwinge ihn, mich anzusehen. Anstatt zu antworten, hebt er mich von der Couch. Völlig souverän, ohne die geringste Anstrengung trägt er mich in sein Schlafzimmer.

Als wäre ich ein Fliegengewicht.

Meine Beine um seine Mitte geschwungen, seinen harten Schwanz zwischen uns.

Ich ergötze mich an dem Gefühl von Macht, das er mir vermittelt.

Schließlich bin ich der Grund für diesen Indikator, der anscheinend nur darauf zu warten scheint, dass ich ihn aus der Enge seiner Hose befreie.

Bei dem Gedanken, ihn in mir zu versenken, erschaudere ich erneut in seinen Armen.

„Einen Penny für deine versauten Gedanken, Kratzbürste." Mein wollüstiges Kichern erstickt er mit einen Kuss.

Niklas setzt mich auf der Matratze ab, betrachtet meinen Körper, als würde er darüber nachdenken, von welchem Kleidungsstück er mich zuerst befreien möchte.

Unverzüglich zieht er mir mein T-Shirt aus, entledigt mich meines BHs.

Sachte streift er mit seiner Hand über meine blanken Brüste. Die Knospen richten sich unverzüglich auf.

Niklas nimmt meinen blanken, harten Nippel zwischen seine Finger, rollt ihn hin und her.

Ich stütze meine Hände hinter mir auf die Matratze, beobachte seine Hand auf meinem Körper.

„Leg dich hin."

Ich gehorche nur zu gerne. Er zieht an der Knopfleiste meiner Jeans, streift mir die Hose ab, ehe er sich wieder zwischen meine Beine stellt.

Nur in meinem Slip bin ich den Blicken dieses Mannes völlig schutzlos ausgeliefert. Zu meinem eigenen Erstaunen genieße ich seine begehrlichen Blicke, öffne meine Beine ein wenig mehr für ihn.

Niklas' Fingerspitzen gleiten über die Innenseite meiner Schenkel und ich kann ein leises Stöhnen nicht unterdrücken, als er sie auf meinen Venushügel legt. Die Seide meines Slips fokussiert den Druck seiner Berührung auf meinen empfindlichsten Punkt, der sofort mit heißer Nässe reagiert.

„Komm her zu mir, Niklas."

Ich presse mich förmlich gegen seine Hand, lasse meine Hüften kreisen, kralle meine Hände in die Decke rechts und links neben mir.

„Noch nicht." Kopfschüttelnd schiebt er meinen Slip zur Seite, streichelt über meine Spalte, ehe er mit seinem Finger eintaucht.

Mein Körper glüht bereits vor Verlangen, als er meinen Kitzler findet, ihn immer wieder mit seinem Daumen umkreist.

Mit einem Ruck befreit er mich von der schwarzen Seide und senkt seinen Mund zwischen meine gespreizten Schenkel. Seine kundige Zunge tanzt auf mir.

„Oh, scheiße, verdammt."

Überrascht von der Heftigkeit der über mich hereinbrechenden Emotionen, schnappe ich in seine Haare. Ziehe scharf die Luft ein, als seine Zunge noch tiefer und intensiver in mich eindringt.

Mein Unterleib bäumt sich auf und ein unkontrollierbares Zittern erfasst meine Beine, als der Orgasmus sich ankündigt.

Ich höre mich selbst stöhnen und wimmern, was Niklas nur noch mehr zu animieren scheint. Meine Scham drängt sich seiner Zunge entgegen, Blitze zucken vor meinen Augen und ich drifte davon, bis meine Beine ermattet von der Matratze auf den Boden sinken.

Heiliger Bimbam!

„Du hast keine Vorstellung davon, wie scharf ich auf dich bin, Kratzbürste." Er zieht sich die Klamotten vom Leib und ich habe nichts weiter zu tun, als ihm wissend lächelnd dabei zuzusehen.

Das faszinierende Spiel seiner Muskeln zu studieren.

Ich setze mich aufrecht, der unbeteiligte Part gefällt mir nicht sonderlich.

Niklas steigt aus seinen Jeans und die beeindruckende Schwellung in seiner Boxershorts jagt mir erneut eine kribbelige Vorfreude durch die Blutbahn.

Meine Hände legen sich um seine Hüften, ziehen ihn erneut zwischen meine Schenkel. Ich kann gar nicht anders, als ihn aus der engen Hose zu befreien und zu umfassen.

Die samtige Haut auf und ab zu massieren.

Niklas keucht meinen Namen und niemals klang *Isabell* erotischer, sinnlicher.

Die Erektion wird härter, größer in meiner Hand, und als sich ein erster Lusttropfen zeigt, lecke ich ihn von seiner Eichel.

Er schiebt seinen Penis in meinen Mund und ich umschließe ihn mit meinen Lippen, revanchiere mich für die Lust, die er mir bereitet hat. Seine Hoden in meiner Hand, umfängt ihn meine Zunge, mein Gaumen.

Niklas' Atem geht stoßweise, seine Hände graben sich in meine Schultern.

„Hör sofort auf damit." Mit einem Stöhnen entzieht er sich mir, kniet sich vor mich, küsst mich während er im Nachttisch kramt.

Sein Penis glänzt feucht, als er das Kondom überstreift und mich in die Matratze zurückdrückt.

„Ich will in dir sein, wenn ich komme." Seine Eichel streicht über meine Spalte und ich lege meine Fersen auf seinen Po, zwinge ihn so, in mich einzudringen.

„Dann komm endlich her zu mir." Ich greife nach seinem Gesicht, presse meine Lippen auf seine.

Sein Gewicht drückt mich auf das Bett. Seine Stöße sind tief und kräftig.

Ich spüre das erneute Flattern in meinem Inneren, erwidere seine Bewegungen und schnappe nach Luft, als die Wogen eines erneuten Höhepunkts völlig unvorbereitet über mich hinwegfegen. Niklas versteift sich, das stete Zucken meiner Muskeln um ihn geben ihm den Rest.

Er bricht förmlich über mir zusammen, der Rücken bebt unter seiner schweren Atmung.

Ich bin ähnlich atemlos. Fast wehmütig nehme ich es zur Kenntnis, als er sich von mir löst. Sich aus mir zurückzieht.

Jedoch nur, um sich neben mich zu legen und mich in seine Arme zu ziehen.

Leicht benommen schließe ich die Lider.

Er küsst meinen Scheitel und streichelt meinen Oberarm, während sein Herzschlag sich unter meiner ruhenden Hand auf seiner Brust wieder normalisiert.

~oOo~

Isabells warmer Körper dicht an seinem, der Geruch nach Frau und Sex. Wilde Locken, die seine Haut kitzeln.

Er gestattet sich den Moment des Glücks, der ihn durchfährt.

Mit einem Lächeln küsst er ihren Scheitel. Isabells Hand auf seiner Haut, ihr Atem, der ihn streichelt.

Und er hat nicht das geringste Bedürfnis danach, aus dem Bett zu flüchten.

Oh nein, am liebsten würde er den Rest seines Lebens einfach hier liegen bleiben, mit ihr in seinen Armen.

Niklas schließt die Augen. Überwältigt von dem Chaos an Gefühlen, das über ihn einzubrechen scheint.

Du bist nicht gut genug für Isabell Holzer …

Martins Worte kreisen über ihm, legen sich bleischwer auf sein Gemüt.

Und doch war er sich noch niemals im Leben einer Sache so bewusst.

Isabell gehört genau hierher. In seine Arme. In sein Bett. Das ist so sicher wie das Amen in der Kirche.

Und Niklas ist bereit, darum zu kämpfen.

Selbst wenn diese Frau es noch nicht sieht, ihr wird schnell klar werden, dass es manchmal nur einige wenige Tage braucht, um festzustellen, dass man ohne den anderen nicht mehr sein möchte.

Er brauchte dafür genau drei Tage.

Ja, aller guten Dinge sind drei …

~oOo~

Ich möchte nicht gehen, aber ich muss.

Vorsichtig löse ich mich aus Niklas' schwerer Umarmung. Bemühe mich, ihn nicht zu wecken.

Typisch Mann. Schläft sofort ein.

Das Laken über sein bestes Stück gezogen, liegt Niklas auf dem Rücken, friedlich schlummernd, mit einem Lächeln auf den Lippen.

Grinsend fische ich nach meinen Klamotten und schleiche aus dem Zimmer.

Ich lege kurz die Hand über meinen Mund, um ein Aufjauchzen zu unterdrücken.

Isa, das hast du nicht wirklich getan, oder doch?

Ganz offensichtlich!

In meinem Magen tummeln sich tausende Ameisenvölker und krisseln durch meinen Körper.

So leise es mir möglich ist, begebe ich mich in das Badezimmer.

Ein leichter Muskelkater im Oberschenkel bestätigt meine sportlichen Aktivitäten vor einigen Stunden.

Und das zufriedene Gefühl in mir verrät den Erfolg.

Mit rosigen Wangen und glänzenden Augen verlasse ich also dieses kleine Himmelreich.

Nicht ohne mich noch einmal von Niklas' tatsächlichem Vorhandensein zu überzeugen.

Er hat sich auf den Bauch gedreht, gibt mir den Blick frei auf seinen wundervollen, festen Hintern.

Wie gern würde ich mich noch mal zu ihm legen, ihn wecken. Mich erneut in ihm verlieren.

Das muss leider warten.

Immerhin habe ich meiner Großmutter versprochen, nach Hause zu kommen.

So ganz kommentarlos möchte ich eigentlich nicht verschwinden und suche nach dem Lippenpflegestift in zartem Rosa.

Du solltest darüber nachdenken, für solche Gelegenheiten immer einen tiefroten Lippenstift parat zu haben. Das wäre ja um so vieles cooler.

In meinem Auto angekommen, platzt es nur so aus mir heraus.

Ich stampfe unentwegt mit meinen Füßen auf und kreische lachend gegen die Windschutzscheibe.

Spüre, wie mein kleines Auto hin und her wackelt und jeder, der mich beobachtet, zweifelt sicher nicht nur an meinem Verstand.

Ich könnte Bäume ausreißen und mein Übermut geht sogar so weit, dass ich kurz darüber nachdenke, die elf Kilometer nach Hause zu joggen.

Selbstverständlich bleibt es lediglich bei dem Gedanken.

Stattdessen stelle ich das Radio laut und singe mit Brandon Boyd von Incubus *Anna Molly* im Duett.

~oOo~

Seine Hand ertastet den leeren Platz auf der linken Seite des Bettes und mit einem Mal ist er hellwach.

Die Hoffnung, dass sie nur kurz ins Bad gegangen ist, erlischt mit der schreienden Stille seiner Wohnung.

Eine tiefe Enttäuschung erfasst ihn.

Isabell hat sich einfach hinausgeschlichen.

Ebenso, wie er es normalerweise zu tun pflegt.

Kraftlos sinkt Niklas zurück in sein Kissen und starrt gegen die Decke.

~oOo~

Immer wieder blicke ich auf mein Handy, aber Niklas meldet sich nicht.

Entweder er ist ein Langschläfer oder er hat meine Nachricht nicht gefunden.

Ich hätte gerne seine Stimme gehört und mit einem lüsternen Ziehen im Unterleib erinnere ich mich an seine Berührung der letzten Nacht.

Ich könnte die ganze Welt umarmen.

Kaum zu glauben, der Typ hat mich voll erwischt.

„Isa? Komm, du musst los." Meine Großmutter holt mich zurück ins Hier und Jetzt.

Der Termin bei der Bank lässt sie nervös durch das Haus tigern.

Swiffert Staub, wo es nicht nötig wäre, räumt Dinge von einer Ecke in die andere, nur um sie dann doch wieder an den ursprünglichen Ort zurückzulegen.

Ich stecke mein Smartphone zurück in die Tasche und begebe mich seufzend in die Küche.

„Mach dich nicht verrückt, Oma. Was soll schon passieren? Ich habe die Zahlen der letzten Monate in der Tasche und Herr Jäger wird sehen, dass es allmählich besser steht um die Werkstatt."

„Ich wünschte, ich könnte deine Zuversicht teilen." Sie klemmt einen Stapel Zeitungen unter ihren Arm. Ich nehme ihn ihr ab, lege ihn auf die Eckbank.

„Sollte der Termin wider Erwarten nicht gut laufen, spreche ich mit Martin. Versprochen."

Ich kann regelrecht dabei zusehen, wie die Anspannung von ihren Schultern fällt. Sie legt mir eine Hand auf die Wange. „Du weißt, ich würde dich nicht darum bitten, wenn es mir nicht wichtig wäre, Kind."

Die Sorgenfurchen lassen ihr Gesicht noch faltiger erscheinen und mir krampft sich der Magen zusammen, als ich sie auf die kühle Wange küsse. „Das weiß ich. Du wirst sehen, alles wird gut. Der Knilch wollte sich nur wichtig machen und in Erinnerung rufen. Ich konnte ihn noch nie leiden."

„Isabell, sag das nicht. Er hat uns wirklich sehr geholfen nach dem Tod deiner Eltern."

Doch diesen Einwand lasse ich nicht gelten. „Das hat er nur getan, um sich zu profilieren. Wie dem auch sei ... Ich mache mich lieber auf den Weg."

So, Herr Jäger ... die Jagd ist eröffnet.

Kapitel 21

„Frau Holzer, schön Sie wiederzusehen."

Sein Lächeln wirkt gestelzt, als er zu mir aufsieht.

Ich glaube, er ist noch dicker geworden, seitdem ich ihn das letzte Mal gesehen habe. Seine Wurstfinger grapschen nach meiner Hand und ich widerstehe dem Drang, meine Hände an der Hose abzuwischen, als ich ihm gegenüber Platz nehme.

„Wie geht es Ihrer Großmutter?"

Mit gerunzelter Stirn lege ich meine Buchhaltung vor mir auf den Tisch. „Ich glaube nicht, dass ich hier bin, um über meine Großmutter zu sprechen, Herr Jäger."

Missmutig verzieht er das Gesicht. „Das stimmt wohl. Ich dachte nur, ich lockere die Atmosphäre ein wenig auf, ehe wir zum geschäftlichen Teil unserer Unterredung übergehen." Er räuspert sich kurz und beginnt wie wahnsinnig in die Tastatur seines PCs zu hämmern.

Es ist kein besonders kluger Schachzug, ihn zu verärgern, meine liebe Isabell.

Manchmal wäre es besser, die Klappe zu halten, aber ich kann nun mal nicht aus meiner Haut.

Es ist zum Verrücktwerden.

Und Herr Jäger macht es indes besonders spannend.

Wahrscheinlich eine kleine Retourkutsche, die ihn ein wenig an Größe gewinnen lässt. In wessen Augen auch immer.

Ich klopfe ungeduldig mit den Fingernägeln auf die Tischplatte, was ihn nur noch unwilliger aussehen lässt.

„Frau Holzer, es ist so … ein langjähriger Immobilienpartner ist an uns herangetreten und hat Interesse an Ihrem Grundstück bekundet. Und das zu einem vorzüglichen Preis, wohlgemerkt."

Gollum lockert seine Krawatte, dreht seinen Stuhl in meine Richtung, eine Hand auf der Tastatur.

Das Flackern des Bildschirms spiegelt sich in seiner Brille.

„Soso, wohlgemerkt … ich verkaufe nicht." Meine Hand schwebt über seiner Arbeitsfläche. Nur zu gern würde ich mit der Faust auf sie einschlagen.

„Das sagten Sie bereits. Allerdings bin ich angehalten, das Angebot auf Nachhaltigkeit zu prüfen. Ich muss Sie darüber informieren."

Er steht auf, umrundet seinen Schreibtisch.

Es behagt mir überhaupt nicht, zu ihm aufsehen zu müssen. Wahrscheinlich ist das für ihn die einzige Möglichkeit, die darauffolgenden Worte mit fester Stimme auszusprechen.

Jetzt, da ich kleiner wirke. Er auf mich herabsehen kann.

In so vieler Hinsicht.

„Sehen Sie, Frau Holzer. Es verhält sich so, dass ich seit vielen Jahren versuche, Ihnen und Ihrer Großmutter den Rücken freizuhalten …, ja sogar zu stärken." Er nimmt die Brille ab, wienert sie angelegentlich mit dem Zipfel seiner Krawatte.

Schiebt sie sich wieder auf die Nase.

„Seien wir ehrlich. Ihre Werkstatt wirft seit dem Tod Ihrer Eltern keine nennenswerte Gewinne mehr ab und ihr Tilgungsplan für die Darlehen ist eher stagnierend denn schleppend, geschweige denn, dass sich eine Abtragung verzeichnen ließe."

Herr Jäger setzt sich halb auf die Kante seines Tisches.

Was äußerst lächerlich wirkt, bei seiner Körpergröße von maximal 1,50 m.

„Wir sind in der bedauerlichen Position, von unserer Stundungszusage zurückzutreten und dieses Kaufangebot ernstlich in Erwägung zu ziehen."

Es rauscht hinter meinen Ohren. Ich merke die Übelkeit in mir hochsteigen.

Bittere Galle, die mein Innerstes vergiftet.

Atme tief durch die Nase ein, durch den Mund aus.

Noch mal … und noch einmal.

Ich zwinge mich zur Ruhe. Es ist wirklich niemandem geholfen, wenn ich jetzt den Kopf verliere.

„Wollen Sie mir vielleicht verraten, wer dieser dubiose Immobilienpartner ist, der mit einem Kaufangebot an Sie herangetreten ist?" Ich bemühe mich redlich, meine Worte nicht vor seine Füße zu spucken.

Ruhig Blut, Isabell.

„Leider fällt das derzeit noch in das Bankgeheimnis. Die Firma bat uns um Diskretion. Vorerst. Ich versichere Ihnen, dass es sich um einen durchaus beachtlichen Betrag handelt, der sogar einen Gewinn für Sie und Ihre Großmutter verspricht, sollte es zu einem Vertragsabschluss kommen."

„Das wird es nicht. Das ist es, was ich Ihnen *versichere*." Das unangenehme Pochen hinter meinen Schläfen nimmt zu.

Wenn er nicht sofort aufhört zu sprechen, stopfe ich ihm seinen scheußlichen Schlips in den Rachen.

Er beugt sich zu mir, besitzt tatsächlich die Unverfrorenheit, mir die Hand zu tätscheln.

Ich verfolge seine Bewegung, unfähig darauf zu reagieren.

„Wir werden nichts übers Knie brechen, das verspreche ich Ihnen, Frau Holzer. Ein von uns beauftragter Sachverständiger wird in den nächsten Tagen vorbeischauen, um den Wert des Grundstücks und der Gebäude festzustellen. Nur der Form halber. Das lässt sich leider nicht verhindern."

Ich hau dir gleich eine rein – nur der Form halber.

Mein Versuch zu sprechen, endet in einem unverständlichen Krächzen. Ich räuspere mich daher vernehmlich.

„Herr Jäger, es wird einen anderen Weg geben. Dieser ist nicht akzeptabel. Ich werde eine Lösung finden."

Das kann doch alles nicht wahr sein. Ein Albtraum …

Das Kribbeln in meiner Nase ignorierend, schlucke ich die aufsteigenden Tränen einfach hinunter. Schiebe meine unbeachtete Bilanz wieder zurück in die Tasche.

„Eines würde mich noch interessieren." Ich erhebe mich, straffe meine Schultern. Wohlwissend, dass mein Gegenüber sofort beginnt zu schrumpfen. „Woher möchte diese … diese Immobilienfirma wissen, dass nur die geringste Chance besteht, an das Grundstück heranzukommen? Und woher kennt sie den notwendigen Ansprechpartner für dieses Anliegen? Können Sie mir diese Frage noch beantworten, Herr Jäger?"

„Nun, Frau Holzer, auch das werde ich Ihnen beizeiten sicherlich beantworten können."

Herr Jägers Versuch, sich wieder aufrecht hinzustellen, diese lässige Pose auf seinem Schreibtisch aufzugeben, um sich zu seiner vollen Größe vor mir aufbauen zu können, scheitert kläglich.

Sein untergehakter Schuh verheddert sich in seiner Anzughose und der Bankberater gerät ins Trudeln. Ich kann nicht widerstehen, umfasse stützend seinen Unterarm.

„Upsala. Alles in Ordnung?" Ein hysterisches Kichern unterdrückend, hüstele ich in meine Faust.

Sein echsenartiges Gesicht wird tiefrot, als er in den sicheren Bereich hinter seinem PC-Bildschirm verschwindet. Es würde mich nicht im Geringsten wundern, sollte er nach einer Mücke züngeln.

„Ich glaube, wir sind dann fertig. Ich lasse Ihnen die Kontaktdaten unseres Sachverständigen zukommen, Frau Holzer." Er schafft es nicht mehr, mich direkt anzusehen. Stattdessen tippt er unkontrolliert in seinen Rechner. Sein Kopf droht zu explodieren, wenn man der Farbe seiner Ohren trauen darf.

„Das können Sie sich sparen. Ich werde sicherlich nicht mit Ihrem Sachverständigen in Kontakt treten." Der Stuhl knarzt über den Holzfußboden, als ich ihn zurückschiebe.

„Wir hören voneinander, Frau Holzer."

„Da können Sie Gift drauf nehmen, Herr Jäger."

Oder auch eine Fliege … oder zwei.

Er murmelt Unverständliches vor sich hin, aber ich verlasse diesen stickigen Raum, ohne ihn weiter zu beachten.

Sauerstoff. Verdammte scheiße, ich bekomme keine Luft mehr!

Tja, und da steh ich nun mit meinem Latein. Auf der Straße – wortwörtlich sitze ich bald auf der Straße.

Und die mühsam zurückgehaltenen Tränen laufen über meine Wangen. Ich habe keine Kraft, sie daran zu hindern.

Aber vor allen Dingen habe ich keine Ahnung, wie es weitergehen soll.

Kapitel 22

Ich kann noch nicht nach Hause. Meine Großmutter wird es mir sofort ansehen. Dieses Desaster.

Wütend über mich selbst wische ich mir die Tränen aus dem Gesicht.

So weit kommt es noch. Dass ich heulend durch die Straßen irre, auf der Suche nach einer Lösung.

So sehr es mich zerreißt, ich muss dringend mit Martin sprechen.

Wenn ich mein Zuhause nicht verlieren möchte, muss ich wohl in diesen sauren Apfel beißen.

Verflucht!

Ich hätte diesen Kobold mit dem Gesicht auf dem Boden aufklatschen lassen sollen, als sich die Gelegenheit dazu bot.

Das hätte mich vielleicht ein kleines bisschen erheitert.

Es nützt nichts. Die einsame Bank unter einer Kastanie gibt mir die notwendige Abgeschiedenheit.

Ich lasse mich darauf fallen wie ein nasser Sack und starre auf mein Telefon.

Wenn ich diese Katastrophe doch nur anders abwenden könnte.

Schwerfällig wähle ich Martins Nummer.

„Hey, mein Herz. Ich hatte schon die Befürchtung, du gehst mir fremd."

Seine unbeschwerte Art ist eine Wohltat für mein aufgewühltes Temperament.

„Mit wem sollte ich dich betrügen, du Spinner."

Er lacht in mein Ohr. „Was ist, hast du Lust auf einen Kaffee? Ich habe gleich Pause und könnte einen vertragen."

Mein Gesicht halte ich in den Wind, betrachte die Blätter des Baumes. Es ist ein Phänomen, dass der Klang seiner Stimme mich sofort erdet. „Kaffee klingt super."

„Halbe Stunde, am Markt." Er hat aufgelegt.

Ich habe also eine halbe Stunde Zeit, mich mit dem Gedanken anzufreunden, dass Martin meine Zukunft in seinen Händen hält.

Dass er über mein Schicksal bestimmt.

Und dieses Arschloch Baringhaus meldet sich auch nicht.

„Aaarrrgh." Wütend drehe ich das Telefon einfach um, mit dem Display nach unten, lege es auf meinem Oberschenkel ab.

Ich hätte damit rechnen sollen, dass unsere gemeinsame Nacht eine einmalige Sache bleibt. Martin hat mich vorgewarnt.

Ich habe mich ja selbst vorgewarnt. Mehr als einmal.

Isabell Holzer konnte allerdings mal wieder nicht hören und dann trifft die Realität einen immer noch ein wenig schlimmer, als man es sich ursprünglich ausgemalt hat. Ich fasse meine Haare zu einem Zopf zusammen, ehe ich mich langsam auf den Weg mache.

Wer mit dem Feuer spielt, der verbrennt sich gelegentlich.

Martin sitzt an einem Tisch vor dem Café, die Sonnenbrille lässig in seine Frisur geschoben. Er studiert die Karte, dabei entscheidet er sich sowieso für einen Café Latte.

Das Bild meines besten Freundes zaubert unverzüglich ein Lächeln auf mein Gesicht.

„Ich nehme einen Cappuccino."

Martin schiebt die Getränkekarte wieder zurück in den Metallständer. „Das weiß ich doch, mein Herz."

Er steht auf, um mich zu umarmen, hält mitten in der Bewegung inne. Hebt mein Kinn mit seinem Zeigefinger an, studiert mein Gesicht. „Was ist passiert?"

Ich entziehe mich ihm. Es ist erstaunlich, wie schnell er mich immer durchschaut.

„Lass uns erst mal hinsetzen."

Er lässt mich nicht aus den Augen. Der Service nimmt unsere Bestellung auf, hindert ihn, unverzüglich nachzufragen.

Ich presse meine Lippen fest aufeinander, knibbele nervös an meinen Fingernägeln.

Himmel, wie fange ich das Gespräch nur an?

Die Übelkeit steigt erneut in mir auf.

Ich wünschte, ich hätte ebenfalls eine Sonnenbrille. Dann wäre es für ihn vielleicht nicht so einfach, in meinem Gesicht zu lesen.

„Isa, ich warte." Er lehnt sich in seinem Stuhl zurück, taxiert mich unter hochgezogenen Augenbrauen.

Mit einem Räuspern starre ich kurz an ihm vorbei. Versuche mich zu sammeln, ehe ich beginne.

Eine Strähne hat sich aus meinem Zopf gelöst, tanzt vor meinen Augen. Ich schiebe sie hinter mein Ohr.

„Die Bank hat mir ein Ultimatum gestellt und ich weiß mir nicht mehr zu helfen. Du weißt, ich würde dich niemals darum bitten …"

„Wie viel brauchst du?"

„… aber es gibt einen Kaufinteressenten …" Seine Worte erreichen mich äußerst schleppend.

Erst als er sich über den Tisch beugt und sie wiederholt, realisiere ich seine Frage.

„Ich weiß es nicht genau. Die Bank schickt einen Sachverständigen, der den Wert festlegen soll." Die Tränen brennen hinter meinen Augen. Ich versuche, sie aufzuhalten. Trotz aller Bemühungen bemerkt Martin das Schwimmen in meinem Blick. Er greift nach meiner Hand, drückt meine Finger. „Mensch, Isa, ich sollte echt sauer auf dich sein. Warum kommst du erst jetzt? Hast du so wenig Vertrauen zu mir?"

Ich ziehe seine Hand über den Tisch, drücke einen Kuss auf deren Rücken. „Ich dachte, ich schaffe es allein."

„Jaja, so wie du immer alles allein schaffst. Was sagt Oma dazu?" Er löst seine Hand aus meiner, als die Getränke kommen.

Die Kellnerin zeigt Martin ihre blendend weißen Zähne, während sie mich lediglich mit einem Lächeln bedenkt.

„Sie hätte längst mir dir geredet …" Es hat keinen Sinn, die Tatsache zu leugnen, dass meine Großmutter mir seit Längerem damit in den Ohren liegt, ich solle Martin um Hilfe bitten.

Spätestens beim nächsten Kakaomeeting in unserer Küche würde sie es ihm eh auf die Nase binden.

Martin schnaubt unwirsch, runzelt seine Stirn.

„Wer ist der Kaufinteressent?"

„Darüber schweigt sich Herr Jäger aus." Ich rühre den Milchschaum unter meinen Cappuccino, lecke den Löffel ab. „Das Angebot ist wohl großzügig."

„Woher weiß dieser Mensch denn, dass es überhaupt eine Möglichkeit gibt, an das Grundstück zu kommen?"

Ich muss bitter auflachen. „Die Frage habe ich dem Gnom auch gestellt. Dennoch … ich will ehrlich sein. Dass die Werkstatt wirtschaftlich eher suboptimal aufgestellt ist, ist ein offenes Geheimnis. Ich sitze hier und habe Zeit für ein Pläuschchen, anstatt im Blaumann unter irgendeiner Motorhaube zu stecken."

Nachdenklich nimmt Martin einen Schluck Kaffee, leckt sich den Schaum von der Oberlippe. „Isa, es kommt ja nicht einfach jemand daher und macht so mir nichts, dir nichts ein Kaufangebot für ein Haus, ohne zu wissen, an wen man sich wenden muss. An dich ist diese Person anscheinend nicht herangetreten. Zumindest die finanzierende Bank war bekannt. Und dass Herr Jäger hier Auskunft erteilt hat, ohne mit dir im Vorfeld darüber zu sprechen, war nicht unbedingt der politisch korrekte Weg." Er nimmt die Sonnenbrille aus den Haaren, legt sie auf den Tisch.

„Das war sicherlich nicht ganz so schwer, wie du vermutest. Es handelt sich um einen Immobilienpartner der Bank. Und die haben ihre Möglichkeiten an Grundbuchauszüge zu kommen."

„Das mag ja sein. Trotzdem … damit zu hausieren, dass du die Raten nicht pünktlich zahlst … Nein, Isa, das steht in keinem Grundbuch. Es sei denn …"

Ich wische den Hintergedanken direkt vom Tisch, noch ehe er ihn ausgesprochen hat. „Nein, es gibt keine Zwangsverwaltung. Mir steht das Wasser zwar bis zum Hals, aber ersoffen bin ich noch nicht."

Er nickt. „Da hast du es."

„Und was soll ich deiner Meinung nach jetzt tun?"

„Mach dir keine Sorgen. Mir fällt schon etwas ein." Sein Optimismus ist ansteckend. Eine Zentnerlast fällt von mir ab.

„Verkaufen kommt jedenfalls nicht infrage. Bevor das geschieht, kaufe ich euch auf." Er zwinkert mir über den Rand seines Kaffeebechers zu.

„Ich liebe dich, Martin Zimmermann."

„Ich weiß, mein Herz. Wen auch sonst?"

Mein Handy kündigt eine Nachricht an. Ein Blick auf das Display verursacht mir Herzrasen und Schmetterlinge proben den Aufstand in meiner Magengegend.

**Es ist dein Glück,
dass du dich nicht ohne ein Wort
des Dankes einfach aus dem Staub gemacht hast.
Niklas**

„Isa, das hast du nicht ... sag mir, dass ich mich irre."

„Was meinst du?" Ich kann meinen Blick gar nicht vom Handy nehmen, muss diese Nachricht immer und immer wieder lesen.

So ein arroganter Kerl. Danke stand nicht am Spiegel ...

Das Grinsen in meinem Gesicht verursacht mir langsam Krämpfe und mein Gegenüber liest in mir wie in einem offenen Buch.

„Ich möchte hören, dass du dich nicht mit ihm getroffen hast."

„Mit wem?" *Stell dich blöd ...*

Martins Hand ballt sich zur Faust. Ich sehe ihm die Beherrschung an, die es ihn kostet, mich nicht anzuschreien.

„Ich spreche von Niklas Baringhaus. Und das weißt du genau."

„Und was, wenn ich eben genau das getan habe?" Trotzig speichere ich Niklas' Nummer in meine Kontakte.

„Verflixt, Isabell. Er ist ein Arsch. Er will dich nur ins Bett kriegen, dann lässt er dich fallen wie eine heiße Kartoffel."

Ich vernehme die unterschwellige Kritik durchaus, bin jedoch überhaupt nicht empfänglich dafür.

Oh Gott, er hat sich tatsächlich gemeldet!

Mein Endorphinspiegel steigt sekundenschnell ins Unermessliche.

„Und wie erklärst du es dir, dass er mir gerade eben eine Nachricht geschrieben hat?"

Die Farbe weicht aus Martins Gesicht und kurz bereue ich mein Geständnis.

„Du hast mit ihm geschlafen?" Er lehnt sich in seinem Stuhl zurück, stiert mich völlig fassungslos an. Wischt sich mit der Hand über sein Gesicht und schüttelt den Kopf.

„Jetzt halte mal die Luft an. Muss ich dich etwa um Erlaubnis bitten? Du tust ja gerade so, als hätte er mir meine Jungfräulichkeit geraubt. Ich war durchaus damit einverstanden."

„Isa, verstehst du es denn nicht? Der Kerl vögelt alles, was nicht bei drei auf den Bäumen ist."

„Ihr seid euch also ähnlich. Wie schön."

Er lacht freudlos. „Das ist etwas völlig anderes!"

„Ach ja, und warum?" Die Wut nimmt mir die Luft zum Atmen.

„Weil ich dich niemals so behandeln würde." Seine Hand schlägt auf den Tisch, die Tassen erzittern unter seiner Kraft.

Was hat er gesagt? Das kann doch nicht …

Ich öffne meinen Mund. Schließe ihn wieder.

Ohne ein weiteres Wort erhebe ich mich.

„Warte, Isabell. So meinte ich das nicht …"

„Nein, ich muss nach Hause. Wir telefonieren einfach später."

Ich brauche Abstand, und zwar dringend!

~oOo~

Schlimmer kann ein Tag nicht beginnen.

Ob sich die Frauen auch so mies gefühlt haben, wenn sie feststellen mussten, dass sein Interesse an ihnen nicht über die vergangene Nacht hinausgehen wird?

Er versucht sich zu erinnern, ob er vielleicht irgendetwas gesagt haben könnte, das Isabell verschreckt hat.

Der Abend war perfekt. Isabell war perfekt.

Niklas lässt das kalte Wasser der Dusche über seinen Körper laufen, bis seine Haut beginnt zu prickeln.

Vielleicht sollte er in der Werkstatt vorbeifahren?

Nein, charmant beharrlich war er bereits.

Als er dort aufgetaucht ist, sie um ein erneutes Date gebeten hat.

Sollte sich das wiederholen, könnte das den Anschein erwecken, dass er ihr nachstellt.

Was du jedoch durchaus in Erwägung ziehst, Baringhaus.

Wütend greift er nach seinem Handtuch, trocknet sich nachlässig ab.

Er ist bereits viel zu spät dran, doch am liebsten würde er sich einfach wieder in sein Bett verkriechen.

Verflucht, was hat dieses Weib nur mit ihm gemacht?

Niklas reißt ein Hemd vom Bügel, sucht nach einer passenden Krawatte.

Und beginnt zu lachen, als er vor dem Spiegel steht, um sie zu binden.

Nett war es bei dir.
Du darfst mich also gerne anrufen.

Ein blassrosa Kussmund neben ihrer Handynummer.

Vor Erleichterung geht er in die Knie.

„Ja ..." Eine Hand ballt er zur Faust. „Ja, so muss das sein!"

Mit Daumen und Zeigefinger zeichnet Niklas seine Augenbrauen nach, nickt seinem Spiegelbild durchaus selbstgerecht zu und beginnt erneut zu lachen.

~oOo~

Es ist an der Zeit, Papiere zu sortieren.

Rechnungen zu schreiben, den Schreibtisch aufzuräumen.

Mich einfach mit irgendetwas beschäftigen, damit ich bloß nicht über den heutigen Morgen nachdenken muss.

Dieses hilflose Gefühl, alles verlieren zu können, was mir wichtig ist.

Oma konnte ich damit beruhigen, dass Martin versprochen hat, sich etwas einfallen zu lassen.

Will ich das überhaupt noch?

Hin und her gerissen von meiner tiefen Freundschaft zu ihm und seinem vom Himmel gefallenen Bekenntnis.

Es ist zum Haareraufen!

Er kann sich nicht in mich verliebt haben. Er darf es nicht!

Aufgebracht wische ich die Zettelwirtschaft vor mir mit dem Unterarm auf den Boden und vergrabe mein Gesicht hinter meinen Händen.

Mein Handy vibriert.

Machst du mit mir den Rest des Tages blau?

Ein warmes Gefühl breitet sich in mir aus.

Wie konntest du dir mit dieser
Arbeitseinstellung ein solches Auto leisten?

Ich werde doch nicht heute schon all meine Geheimnisse
mit dir teilen.

Ich muss lachen.

Was hast du denn mit mir vor,
wenn ich Zeit hätte?

Niklas antwortet nicht mehr. Bevor ich noch mal nachhaken kann, schallt mein Name über den Hof.

„Isa … Isaaaaaaaa."

Och nein, nicht jetzt!

„Isa, komm bitte mal her. Hier ist Besuch für dich."

Das nenne ich perfektes Timing für einen unangemeldeten Gast.

Mit einem Seufzer des Trübsinns verlasse ich das kleine Büro, ohne auch nur einen weiteren Blick auf das Chaos zu richten, welches sich zu meinen Füßen befindet.

Dafür ist später noch genügend Zeit.

Niklas lehnt lässig gegen seinen BMW, das Handy in der Hand, sein Blick auf mich gerichtet.

Mein Herz hüpft unkontrolliert und ich kämme durch meine Haare in einem hoffnungslosen Versuch, mich aufzuhübschen.

Lass es einfach sein, du siehst eh aus wie ein ungekämmter Königspudel.

Mit einem Lächeln im Gesicht stößt er sich von seinem Auto ab, kommt auf mich zu.

Langsam, sexy, geschmeidig.

„Ich dachte mir, ich hole dich direkt ab. Dann ersparen wir uns das texten."

„Wie vorausschauend du bist." Ich lasse meine Hände sinken, bemühe mich, nicht allzu dämlich zu grinsen.
Mit mäßigem Erfolg.

Wie immer ein Honigkuchenpferd aussehen mag …

Niklas steht vor mir, umfasst mein Gesicht, verschließt meine Lippen mit seinen.

Hauchzart. Ein einziges Versprechen.

Ein Ziehen durchfährt meinen Unterleib, ich drücke mich ein wenig gegen seinen harten Körper.

„Also, was hast du vor? Ohne Grund ist Blaumachen unglaublich unsinnig."

„Da gebe ich dir recht." Er greift an sein Jackett, sucht nach irgendwas, während er erklärt. „Als ich am Sonntag herkam, um mit dir zu reden, hast du mir deinen entzückenden Hintern entgegengereckt. Ich weiß nicht, ob du dich daran erinnerst, doch ich kann diesen Anblick nicht mehr vergessen, solange ich lebe."

Er tätschelt meine Pobacke. Ich zwicke ihn zwischen die Rippen. „Du wirst mir jetzt sicherlich kein Foto meines eigenen Hinterns zeigen wollen, oder?"

Mit der anderen Hand kramt Niklas noch immer in den Taschen seiner Jacke.

Dann lässt er seine strahlend weißen Zähne aufblitzen. „Nein, das nicht, obwohl … du bringst mich da womöglich auf eine Idee."

Ich kneife noch ein wenig fester, was ihn abwehrend zusammenfahren lässt.

„Aha, da sind sie ja." Er zieht etwas hervor, was mich entfernt an Konzertkarten erinnert. Ich glaube, es war *Placebo*, oder?" Ich reiße ihm die Tickets aus der Hand.

„Wie hast du …? Ich meine, woher …? Heilige Scheiße." Ich starre ihn an. „Du hast mich beeindruckt."

„Dann habe ich meine Sache ja gut gemacht." Bescheiden wie er nun mal ist, studiert Niklas seine Finger, poliert die Nägel am Stoff seines Revers. Mit einem Klaps auf seinen Oberarm erinnere ich ihn daran, mit wem er es hier zu tun hat.

„Das Festival ist erst heute Abend. Sie spielen als letzte Band. Wir haben also noch genügend Zeit."

„Bist du nicht ein wenig zu overdressed für eine Festivalwiese? Und für *Placebo*?" Ich wedele mit den Karten durch die Luft, stecke sie schnell in die Hintertasche meiner Jeans.

„Deshalb fahren wir erst zu mir." Er zwinkert mir zu, küsst meine Nasenspitze, ehe er sich meiner Oma zuwendet, die uns andächtig beobachtet.

Wie hat er das nur hinbekommen?

Dass er sich noch an meine Musikauswahl erinnert ... Einfach irre.

Noch immer völlig perplex betrachte ich ihn aus den Augenwinkeln. Mein Herz quillt ein wenig über.

Er hat mich so was von im Sack!

Tja, Martin. Was sagst du jetzt? Er hat sich nicht nur bei mir gemeldet. Er will tatsächlich weiterhin Zeit mit mir verbringen.

Karl entlässt mich für den heutigen Tag. „Ich schaffe das hier allein."

Und dann macht er etwas, was man bei ihm äußerst selten bis gar nicht beobachtet.

Er nimmt mich in die Arme, klopft mir unbeholfen auf den Rücken. „Hau ab, Mädchen. Hab ein wenig Spaß."

Ich küsse seine Wange, ergriffen von dieser liebevollen Geste seiner Zuneigung.

Oma kann ich noch gerade davon abbringen, uns einen Picknickkorb zu packen.

„Wir gehen irgendwo eine Kleinigkeit essen. Bitte machen Sie sich keine Umstände. Ich habe Isabell ein wenig überfallen mit diesem Ausflug."

Meine Großmutter mustert Niklas eingehend, dann legt sie ihm ihre knochige Hand auf den Unterarm. „Nun gut. Dann bleibt mir nichts weiter zu tun, als euch einen wundervollen Tag zu wünschen."

Sie steht winkend in der Einfahrt, als Niklas den Hof verlässt. Mit mir auf dem Beifahrersitz.

Kapitel 24

Noch immer fühle ich mich wie in einem Traum.

Adrenalin scheint durch meinen Körper zu schießen, lässt mich aufgeregt auf meinem Sitz hin und her rutschen.

„Alles in Ordnung bei dir?" Niklas legt eine Hand auf meinem Oberschenkel ab und sofort beruhige ich mich.

Ich verziehe meine Mundwinkel zu einem halben Lächeln, lege meine Finger über seine. „Alles in bester Ordnung."

Er nickt, als hätte er nichts anderes erwartet, konzentriert sich wieder auf den Verkehr.

„Wie bist du so schnell an die Karten für das Festival gekommen?"

Am Sonntag hatte er sicherlich noch nicht vor, mich dorthin zu entführen. Wieder krabbelt ein tiefes Grinsen aus meinem Bauchraum auf mein Gesicht.

Hoffentlich wird das kein Dauerzustand.

„Ich bin ein toller Typ, hast du das noch nicht bemerkt?" Seine Augenbrauen tanzen auf und ab und mein Grinsen entwickelt sich zu einem Lachen.

„Nein, noch nicht. Aber vielleicht gelingt es dir ja noch." Jetzt lacht Niklas und am liebsten würde ich ihn küssen.

„Du bist nicht sonderlich förderlich für mein Ego, das will ich dir mal sagen."

„Oh, ich habe nicht das Gefühl, als würde dein Ego noch einer Förderung bedürfen."

Er sieht mich kurz an, seine Augen blitzen und mir läuft ein Schauer über die Schulterblätter.

Heilige Maria, wo werde ich enden, wenn er von mir die Nase voll hat?

Ich schüttele den Gedanken schnell ab, fest gewillt, diese Zeit zu genießen.

„Ich müsste ganz kurz ins Büro. Irgendwie habe ich mich selbst überrascht mit diesem freien Tag."

„Okay. Dann werde ich zur Abwechslung mal deinen Arbeitsplatz genauer unter die Lupe nehmen."

„Da gibt es nicht so viel zu sehen. Nur Schreibtische, PCs und Telefone."

„Herrje, wie öde." Mit einem Schmunzeln schüttele ich den Kopf.

Niklas lässt die Augenbrauen tanzen. „Ich habe andere Qualitäten."

Oh ja, das stimmt … Der Nachhall unserer gemeinsamen Nacht perlt noch immer auf meiner Haut.

„Die da wären?"

Frau muss ihm das ja nicht pausenlos unter die Nase reiben.

„Isabell, Isabell." Er schnalzt mit der Zunge. „Ich frische deine Erinnerung gerne ein wenig auf." Offensiv wandert seine Hand meinen Oberschenkel hinauf, legt sich zwischen meine Beine. Drückt sich gegen den Stoff meiner Hose.

Ich beiße auf meine Unterlippe, versuche, die feuchte Hitze zu ignorieren, mit der mein Unterleib reagiert.

„Ja, ich erinnere mich vage." Meine Stimme gleicht einem Reibeisen.

„Du bist eine verdammt schlechte Lügnerin." Die Ampel vor uns springt auf Grün, und mit einem unbescheidenen Lächeln zieht er die Hand zurück, legt sie wieder auf das Lenkrad.

„Angeber.“

„Ich kann es mir erlauben.“

Niklas parkt den Wagen vor einem offensichtlichen Bürogebäude. Die Firmentafeln am Haus sind ein Schlag in meine Magengrube.

„Du arbeitest mit Christina Zimmermann in einem Gebäude?“

Das Schild *Zimmermann Immobilien* hat mindestens die gleiche Größe wie *Folkenborn & Baringhaus Architekten*.

„Auf unterschiedlichen Etagen, in unterschiedlichen Firmen.“

„Aha.“

Plötzlich ist meine Lust, aus diesem Auto auszusteigen, verflogen.

Ich spüre Niklas‘ Blick auf mir ruhen. „Ich bin davon ausgegangen, dass du es weißt. Ich dachte, Martin hätte es erwähnt.“

„Nein. Er hält nicht sonderlich viel von unserer zwischenmenschlichen Beziehung, also beschränkte sich sein Hinweis lediglich auf die Tatsache, dass Christina ihre Tentakel nach dir ausgeworfen hat.“ Ich schiebe meine Haare mürrisch hinter die Ohren. „Jetzt bekommt diese Warnung irgendwie eine Signalfarbe.“

Erneut wandert mein Augenmerk auf die Firmenschilder an der Eingangstür. „Und ich habe wenig Lust, gegen Windmühlen zu kämpfen.“

„Aus welchem Grund solltest du das tun müssen?“ Er wirkt tatsächlich ein wenig brüskiert. „Ich habe kein Interesse an Christina … auch wenn ich mich geschmeichelt fühle, dass du offensichtlich eifersüchtig bist.“

Ich schnaube zähneknirschend.

Eifersucht … was heißt das schon?

Und wäre das überhaupt der richtige Augenblick, um eifersüchtig zu reagieren? Habe ich überhaupt ein Recht dazu?

Dennoch, das Bild dieser aalglatten Blondine verdirbt mir meine gute Laune.

Und die Angst, Martin könnte recht behalten, legt sich wie ein Bleigewicht auf meinen Brustkorb.

Ich möchte es nicht unbedingt offen zugeben, doch mein Herz klopft tatsächlich schneller in Niklas' Gegenwart.
Er ist bereits jetzt, nur nach einigen Tagen in der Lage, mich kilometerweit zurückzuwerfen, sollte er unachtsam mit dieser Tatsache umgehen.

Allein die Vorstellung von seinen wundervollen warmen Lippen auf ihrem weißen Schwanenhals lässt mich ersticken.

Niklas legt einen Finger unter mein Kinn, zwingt mich, ihn wieder anzusehen. Ich versinke in dem Graugrün seiner Augen.

Etwas zu spitz mache ich meinen Bedenken Luft. „Sie hat Interesse an dir. Das ist nichts, was ich unbeachtet lassen sollte. In der Regel bekommt sie, was sie möchte."

Er lässt sich nicht durch mich einschüchtern.

Fest und bestimmt weist er mich zurecht. „Ich bin nicht die Regel, Isabell. Zerbrich dir nicht dein hübsches Köpfchen über Dinge, die es nicht wert sind, dass man überhaupt darüber nachdenkt. Christina kann dir nicht im Entferntesten das Wasser reichen." Sein Daumen zeichnet meine Unterlippe nach. Dann beugt er sich vor, küsst mich.

Und ich lasse mich darauf ein. Umfasse seinen Nacken, erwidere den Kuss. Viel zu leidenschaftlich.

Ich muss unbedingt an meiner Contenance arbeiten.

Vorsichtig löst er sich. „Glaubst du wirklich, ich würde das gegen das aufgesetzte Getue einer Christina Zimmermann eintauschen?"

Ich zucke kleinlaut mit den Schultern. „Das kann ich dir nicht beantworten."

Zweifelnd begegne ich seinem Blick. „Christina passt so viel besser zu dir als ich es jemals tun werde."

„Wer behauptet denn so etwas?" Er wirkt tatsächlich ein wenig brüskiert.

„Na, sieh dich an … und dann mich. Eine Frau wie Christina würde regelrecht glänzen neben dir." Ich umfasse sein Gesicht, fahre mit dem Daumen über sein markantes Kinn.

Fragend zieht er die Augenbrauen in die Höhe. „Sollte ich mich derart getäuscht haben? Bisher hatte ich nicht den Eindruck, dass du leicht einzuschüchtern bist."

„Das bin ich nicht. Allerdings bin ich nun mal die Göre aus der Autowerkstatt. Nicht das wohlerzogene Mädchen aus gutem Hause. Mit mir gehen die Pferde schon mal durch, Niklas."

Er beginnt tatsächlich zu kichern. „Das weiß ich. Erinnerst du dich, ich war bereits der Mittelpunkt deiner galoppierenden Gäule."

Meine Augen verengen sich. „Und das nicht ohne Grund. Ich bitte dich …" Er küsst mich erneut, erstickt meine beginnende Motzerei direkt im Keim. Und ich verfluche meine eingeschränkte Bewegungsfreiheit auf diesem Beifahrersitz.

Niklas legt seine Stirn kurz gegen die meine. „Zudem versuche ich, gegen die schlechte Meinung anzukommen, die Martin von mir zu haben scheint. Und sein Wort hat Gewicht für dich, oder nicht?"

Ja, mal mehr, mal weniger …

Für den Moment muss ich seinen Worten glauben.

„Was ist? Magst du mit hochkommen?"

Ich nicke zustimmend, auch wenn ein bitterer Beigeschmack verbleibt. Zögerlich löse ich den Sicherheitsgurt. Folge Niklas in das beeindruckende Gebäude.

Seine Finger verschränken sich mit meinen, als wir in den Fahrstuhl steigen.

„Ich brauche nicht lange. Nur ein kurzer Terminabgleich und dann können wir wieder verschwinden." Er bestätigt die vierte Etage und der Lift setzt sich in Bewegung.

„Und das hättest du nicht telefonisch erledigen können?"

Sein Blick verdunkelt sich, als er auf mich herabsieht. „Hätte ich sicherlich …" Er macht einen Schritt auf mich zu. „Vielleicht möchte ich dich gleich auf meinem Schreibtisch … lasziv rekelnd und meinen Namen stöhnend." Seine Hand streift meine Brust und sein Gewicht drückt mich gegen den Spiegel in meinem Rücken.

„Warum erst auf deinem Schreibtisch?" Ich lange an ihm vorbei, drücke die grüne Stopptaste und mit einem Ruck kommt der Aufzug zum Stehen.

Ein Bein um seine Hüften öffne ich die Knöpfe seines Hemdes. „Hier ist es doch viel intimer."

Niklas hebt mein Shirt, befreit meine Brüste aus den Körbchen des BHs, senkt den Kopf. „Scheiße, Isabell, du bist mehr, als ich vertragen kann."

Sein Mund umschließt meinen Nippel, seine Zähne knabbern an der harten Warze, die sofort Stromstöße durch meinen Körper sendet. Heiße Nässe sammelt sich zwischen meinen Beinen, und als könnte er meine Gedanken lesen, verflucht Niklas meine Jeans. „Ich schwöre dir, Kratzbürste. Beim nächsten Mal will ich einen Rock. Ohne Unterwäsche."

Seine Härte drückt gegen meinen Bauch, fordert Aufmerksamkeit.

„Das gilt dann aber auch für dich." Meine Hand umfasst seinen Schwanz durch den Stoff, massiert ihn.

„Abgemacht." Er reißt die Knopfleiste meiner Hose auf, schiebt zwei Finger hinter den Bund.

„Das funktioniert so nicht, Niklas. Die Hose ist zu eng, verflucht." Ich stoße mich von ihm ab, schiebe die Jeans über meinen Hüften. Meine Schuhe hindern mich, sie direkt über die Füße zu ziehen. Mein blanker Hintern hinterlässt höchstwahrscheinlich einen Abdruck auf dem Spiegel, und als ich die Schnürsenkel meiner Sneaker endlich entwirrt habe, ertönt eine Stimme aus dem Lautsprecher hinter Niklas' Rücken. „Hallo? Hallo, ist alles in Ordnung bei Ihnen? Wir haben einen Störfall für diesen Aufzug verzeichnet."

Souverän bestätigt Niklas den Antworten-Schalter. „Danke, hier ist alles in Ordnung. Keine Ahnung, warum der Lift plötzlich stecken geblieben ist. Aber uns geht es gut." Die Finger seiner freien Hand gleiten zwischen meine Beine und ich unterdrücke ein Stöhnen, während er sie in mir versenkt. Ich reibe mich an ihm, und als er meinen empfindlichsten Punkt trifft, verbeiße mich in dem Stoff seiner Jacke, um nicht laut aufzukeuchen.

„Es wird etwa 20 Minuten dauern, dann können wir den Aufzug wieder in Gang setzen." Erneut die Stimme aus dem Lautsprecher und abermals mein souveräner Architekt, der das völlig gelassen zur Kenntnis nimmt. „Wir warten hier."
Ein Kichern der Lautsprecherstimme. „Natürlich, was sonst."

Damit verstummt unser Retter in der Not.

„Ich habe kein Gummi, Kratzbürste." Niklas raunt die Worte gegen mein Ohr, zwingt mich wieder gegen den Spiegel.

„Und das sagst du mir erst jetzt?" Meine Hand hat bereits den Weg in seine Hose gefunden, genießt das samtige Gefühl zwischen den Fingern.

„Nimmst du die Pille?"

„Machst du Witze?" Etwas gefrustet lasse ich seine Härte wieder los.

„Das läuft jetzt so gar nicht wie geplant." Er küsst meinen Hals entlang, verteilt gezielte kleine Bisse auf meiner Haut.

„So sehe ich das auch … Ich werde mich nicht von dir schwängern lassen … in einem Fahrstuhl." Ich schnappe nach Atem, als er vor mir in die Hocke geht, seine Zunge in mich eindringt. Meine Hände verkrallen sich in seinen Haaren, mein Kopf fällt nach hinten.
„Verflucht, Niklas. Scheiße, ja, das ist gut."

Das langsame, sinnliche Streicheln seiner Zungenspitze an meiner Perle nimmt mir jegliche Fähigkeit des Denkens, jagt mir Schauer der Erregung über die Wirbelsäule.

Seine Hände auf meinem Hintern, sein Mund auf meiner Scham jagen Schockwellen der Lust durch meine Nervenbahnen, und als ich komme, beginnen meine Beine unkontrolliert zu zittern. Mit durchgedrücktem Rücken gebe ich mich dem Gefühl hin, einfach zu Niklas' Füßen zu zerfließen.

Mein Atem geht stoßweise und mein Brustkorb droht zu zerspringen. Noch nicht mal die Tatsache, dass ich mich halb nackt in einem Fahrstuhl befinde, kann mein Hochgefühl bremsen.

Niklas erhebt sich. Sein Mund glänzt von meiner Nässe und ich schiebe ihm meine Zunge zwischen die Lippen, schmecke mich selbst.

Die ausgebeulte Hose verrät mir seine eigene Erregung. „Mach das nie wieder ohne Gummi in der Tasche. Jetzt siehst du, was du davon hast." Meine Hand umfasst ihn, provoziert ihn durch den Stoff.

Niklas grunzt. „Es war mir ein Vergnügen, Kratzbürste."

„Und mir erst."

Langsam ist es an der Zeit, dass ich mich wieder anziehe.

Und zwar keine Sekunde zu früh. Mit einem heftigen Rückstoß setzt sich der Fahrstuhl wieder in Bewegung.

Kapitel 25

Glänzendes Parkett, Wände in einem warmen Olivton, ein langer Flur, ein Empfang mit obligatorischer Blondine, deren anzügliches Lächeln im Gesicht erfriert, als ihr Blick von Niklas auf meine Person fällt.

Genauso habe ich es mir vorgestellt ...

Niklas legt mir seine Hand auf den verlängerten Rücken. Sein mondänes Auftreten verrät nicht ansatzweise unser Intermezzo im Fahrstuhl.

„Corinna, jemand soll den Aufzug warten. Kümmern Sie sich bitte darum. Nicht auszudenken, wenn ein Kunde stecken bleibt."

Ich beiße mir in die Wange, um nicht laut loszulachen, während er mich an der verdutzten Empfangsdame vorbeidirigiert.

Und er die Tür zu seinem Büro hinter uns schließt.

„Jetzt hast du eure hübsche Dekoration ganz schön abgefertigt." Ich muss kichern, ihr verdutztes Gesicht noch immer vor Augen.

„Was meinst du?" Niklas ist längst vertieft in diverse Telefonnotizen auf seinem Schreibtisch. Sortiert Briefumschläge nach Wichtigkeit.

Meine Finger gleiten über das Eichenfurnier eines Aktenschrankes.

„Na, Corinna. Mich einfach so an ihr vorbei in dein Zimmer zu bringen. Ich wette, sie hat die Ohren bereits an die Wand gelegt."

Er blickt kurz auf, runzelt die Stirn. „Verstehe einer euch Frauen."

Dann kommt er auf mich zu.

Geschmeidig wie eine Wildkatze.

Die feinen Härchen in meinem Nacken stellen sich senkrecht, als er mich mit seinen Händen einfängt, beginnt an meinem Ohrläppchen zu knabbern.

Sein heißer Atem streichelt die dünne Haut meines Halses. „Vielleicht sollten wir ihr etwas bieten. Sie soll schließlich nicht umsonst dort stehen."

„Ich bin sicher, sie wäre wenig entzückt." Ich fahre durch sein volles Haar, lasse es durch meine Finger gleiten. Atme ihn tief ein und ein verlangendes Ziehen pulsiert in meinem Unterleib.

„Das ist mir schrecklich egal. Ich habe noch etwas gut, wenn ich dich daran erinnern darf."

Ich zwinge seine Lippen auf meine und küsse ihn so lange, bis wir beide nach Luft schnappen.

Ein vernehmliches Klopfen lässt uns auseinanderfahren.

„Herr Baringhaus?"

Corinna mustert mich abwertend.

Wahrscheinlich stellt sie sich gerade die Frage, warum eine Frau wie ich – *Jeans, T-Shirt, Sneaker, wilde Locken* - an einen Mann wie Niklas - *Anzug, sexy, Krawatte, sexy und heiß, durchtrainiert, sexy und heiß und charismatisch* – kommt, während sie – *Kostümchen, High Heels, blond, akkurat frisiert, der geborene Schwiegermuttertraum* – irgendwie ihren Einsatz verpasst hat und nur zusehen darf, wie er seine Hände von meinem Hintern nimmt.

Ich könnte ihr diese Frage beantworten, möchte ihr jedoch nur ungern ins Wort fallen.

„Entschuldigen Sie die Störung, Herr Baringhaus. Frau Zimmermann hat bereits drei Mal angerufen und ein Herr Jäger wünscht Ihren Rückruf."

Herr Jäger … der Name verfolgt mich …

Niklas runzelt unwillig die Stirn. „Ich habe Ihnen doch gesagt, Sie sollen einen Termin mit Frau Zimmermann vereinbaren. Und Herrn Jäger rufe ich später zurück."

Er läuft um seinen Schreibtisch, sucht erneut durch seine Telefonnotizen, wird anscheinend nicht fündig. Fragend blickt er auf. „Hat er denn gesagt, worum es geht?"

Er deutet auf einen Stuhl, ich lasse mich darauf nieder. Schlage meine Beine übereinander. Spüre den vernichtenden Assistentinnen-Blick im Rücken.

„Es geht um ein Gutachten. Er hatte bereits in der letzten Woche mit Ihnen telefoniert." Sie kommt einen Schritt näher, steht direkt neben mir.

Plötzlich beginnt der Raum sich zu drehen.

Zuerst ganz langsam, irritierend.

Ich versuche, das ungute Gefühl zu ignorieren, mit dem Blick durch eine rosarote Brille zu verdrängen.

Isa, was für ein Zufall, nicht wahr? Herr Jäger von der Bank bittet Niklas, den Architekten Niklas, um die Erstellung eines Gutachten … Wie klein die Welt doch ist …

Dann dreht es sich ein wenig schneller, das Gedankenkarussell nimmt an Fahrt zu.

Herr Jägers Worte von heute Morgen geben dem Ganzen noch ein wenig mehr Schwung.

Ein durch uns beauftragter Sachverständiger wird in den nächsten Tagen vorbeischauen, um den Wert des Grundstücks und der Gebäude festzustellen. Nur der Form halber.

Kann das wahr sein? Wie konnte ich nur so blind sein.

Plötzlich drückt mein BH zu eng gegen meine Brust, Schweiß bricht aus, verteilt sich unangenehm unter meinen Achseln.

Warum sollte Niklas so dämlich sein, mich mit herzunehmen, wenn er etwas zu verbergen hätte?

Ich atme tief ein und aus. Meine Finger krallen sich seitlich an den Stuhl.

Frau Zimmermann hat bereits drei Mal angerufen …

Christina und Niklas arbeiten unter einem Dach.

Er hat es dir verschwiegen. Oder hat er einfach nur vergessen, es zu erwähnen?

Christina Zimmermann von Zimmermann Immobilien … die mich als Kind bereits nicht leiden konnte.

Und plötzlich sehe ich Martins Warnung in Bezug auf Niklas aus einer völlig neuen Perspektive.

Pass nur auf, dass du Christina nicht auf die Füße trittst. Sie hat ihre Tentakel nach ihm ausgeworfen.

Ich fürchte, ich bin ihr wohl etwas mehr als nur auf die Füße getreten.

Und schlagartig wird mir alles klar.

Zimmermann Immobilien ist der dubiose Kaufinteressent für mein Grundstück.

Christina Zimmermann.

Sie hat sich nach meinem finanziellen Status erkundigt. Herausgefunden, dass ich ein wenig ins Trudeln geraten bin.

Und selbstredend bat sie um Diskretion.

Denn die kleine Göre aus der Autowerkstatt würde ihr gehörig den Arsch aufreißen, wenn sie dahinterkäme, was für ein Spiel dieses hinterhältige kleine Miststück mit ihr spielt.

Wie in Trance erhebe ich mich aus meinem Stuhl und laufe ruhig, fast gelassen an Corinna vorbei in Richtung Aufzug. *Ein Termin mit Frau Zimmermann? Fantastisch ... ich hätte gerade Zeit.*

~oOo~

Verwundert nimmt er die Veränderung in Isabells Gesicht wahr. Runzelt die Stirn.

Irgendetwas ist gerade mit ihr geschehen. Und zwar von einem Augenblick auf den nächsten.

Allerdings begreift er es nicht wirklich.

Er kann noch nicht mal genau sagen, wann es begonnen hat. In dem Moment, als Corinna sein Büro betreten, Herrn Jäger erwähnt hat oder Christina?

Isabell ist plötzlich blass um die Nase. Ihre Lippen haben jegliche Farbe verloren.

Als er sie danach fragen möchte, erhebt sie sich von ihrem Stuhl, verlässt kommentarlos den Raum.

„Isabell?"

Abwehrend hebt sie ihre Hand. „Nicht jetzt, Niklas."

Er lässt die Zettel aus seinen Fingern auf seinen Schreibtisch fallen, schiebt Corinna etwas forsch an die Seite.

„Jetzt warte mal. Wo willst du hin?"

„Ich sagte bereits … nicht jetzt. Geh zurück in dein Zimmerchen und telefoniere mit Herrn Jäger." Dann dreht sie sich zu ihm und der kalte Ausdruck ihrer Augen lässt ihn erstarren. „Und dann kannst du ihm sofort sagen, dass aus dem Geschäft nichts wird."

Sie drückt den Knopf des Fahrstuhls, wippt nervös auf den Fersen.

„Wovon, in Gottes Namen, sprichst du?" Er versucht, sie an der Schulter zu berühren.

Isabell zuckt zurück, als hätte sie sich verbrannt.

„Fass mich nicht an."

Erschrocken zieht er seine Hand zurück.

Irgendwas läuft hier mächtig an ihm vorbei. Und er hat so gar keine Ahnung, was das sein könnte.

Sie macht einen Schritt in den Lift.

„Ich bin nicht käuflich, Niklas!"

Mit einem Zischen schließen sich die Türen und er starrt vor die blank polierte Front des geschlossenen Aufzugs.

Niklas versucht, sich in Erinnerung zu rufen, worüber er mit Herrn Jäger gesprochen hat.

Hin und wieder nimmt er die Aufträge an, Gutachten zu erstellen. Als Architekt und Sachverständiger gehört das zu seinem Job.

Aber was hat das mit Isabell zu tun?

„Verdammte Scheiße noch mal." Seine Faust schlägt auf die Wand direkt vor ihm.

Dann dreht er sich um, nimmt die Treppe.

~oOo~

Ruhelos klopfen meiner Fingerspitzen auf den Tresen des Empfangs.

Hier sitzt keine lächelnde Dekoration.

Wenn jetzt nicht sofort jemand erscheint, gehe ich eben durch die einzelnen Büros.

„Entschuldigen Sie, kann ich Ihnen helfen?" Ein junger Mann erscheint in meinem Blickfeld, mustert mich kritisch.

„Wenn Sie mir sagen können, wo Frau Zimmermann zu finden ist, sind Sie genau mein Mann." Ein unverbindliches Lächeln unterstreicht meine Worte.

„Das könnte ich sicherlich. Aber vielleicht wollen Sie mir zuerst Ihren Namen verraten? Dann kann ich Frau Zimmermann die entsprechenden Unterlagen heraussuchen."

Ich mache einen Schritt auf ihn zu. „Das wird nicht nötig sein. Frau Zimmermann rechnet nicht mit mir. Sie ist eine Freundin der Familie und freut sich sicherlich, mich zu sehen."

Ich schiebe meine unruhigen Finger in die Hintertaschen meiner Jeans und ertaste die Festivalkarten.

Eine Faust legt sich um meinen Magen.

Es war von Anfang an einfach zu schön, um wahr zu sein ... Für Isabell Holzer gibt es kein bedingungsloses Glück.

Ich überspiele mein inneres Chaos mit ungeduldigem Schulterzucken.

Der Typ steht noch immer in der Tür, überlegt, was er mit mir anfangen soll.

„Also ...? Wo kann ich sie finden?"

„Ich fürchte, ohne einen Termin kann ich Ihnen nicht weiterhelfen."

„Dann sagen Sie ihr, dass Isabell Holzer sie sprechen möchte."

Eine glockenhelle Stimme schallt über den Flur und ein eisiger Schauer läuft mir den Rücken hinunter.

Unverzüglich wende ich den Blick auf die Schwester meines besten Freundes.

Das dunkelblaue Kleid betont ihre wohlgeformten Rundungen, die hohen Schuhe lassen ihre Beine noch länger wirken.

„Wen haben wir denn hier? Waren wir verabredet?" Christina zieht ihre perfekt gezupfte Augenbraue fragend in die Höhe und meine Hände ballen sich zu Fäusten.

„Wie könnten wir das nicht sein? Da du ja ein Interesse an meiner Werkstatt hast, dachte ich, wir bemühen Niklas erst gar nicht mit einem Gutachten, sondern führen die Verhandlungen direkt Auge um Auge."

Sie taxiert mich abschätzend. „Wohl eher Zahn um Zahn, wie mir scheint. Ich sollte mit Herrn Jäger ein ernstes Wort sprechen. Unter Diskretion verstehe ich eindeutig etwas anderes." Sie blickt auf ihre Rolex. „Sei mir nicht böse, meine Liebe, heute habe ich einen vollen Terminkalender. Wenn du weißt, was ich meine."

Schadenfreude spiegelt sich in ihrem Gesicht.

Die kleine Spitze auf meine flaue Auftragslage habe ich durchaus verstanden und es juckt in meinen Fingern, ihr eine zu verpassen.

Das volle Programm – Haare ziehen, kneifen, beißen – alles, was das Proletariat so hergibt.

„Ich werde niemals verstehen, warum Martin dir als Kind nicht einfach ein Kissen auf dein Gesicht gedrückt hat. Ich an seiner Stelle hätte es getan, sei dir sicher." Mein liebliches Lächeln steht dem ihren in nichts nach.

„Ach du meine Güte. Du bist so entsetzlich primitiv, Isabell. Ich frage mich jedes Mal aufs Neue, was Martin an dir findet." Sie schüttelt dramatisch ihren Kopf. „Dabei meine ich es nur gut."

Diese überhebliche Arroganz ist überwältigend.

Mit einer grazilen Geste streicht sie sich das Haar zurück. „Vielleicht sollten wir die Einzelheiten lieber nicht hier zwischen Tür und Angel besprechen. Wir haben einen gemütlichen Konferenzraum. Einige Minuten meiner Zeit kann ich für dich opfern. Und Kaffee, sofern du möchtest?" Fragend blickt sie mich an.

Meine Augen verengen sich zu Schlitzen. „Du kannst an deinem Kaffee ersticken, *meine Liebe*. Und damit eines klar ist … ich verkaufe nicht. Eher friert die Hölle zu."

Mit aller Verachtung, die mir gegeben ist, zwinge ich die Worte durch meine Zähne, während ich ihr in einen großzügigen, lichtdurchfluteten Raum folge.

Ich ziehe es vor, stehen zu bleiben.

Was Christina lediglich mit einem belanglosen Schulterzucken quittiert, als sie selbst Platz nimmt. Ihre endlosen Beine übereinanderschlägt.

„Mach dir doch nichts vor … eine Frau mit einer Autowerkstatt … kein Mann wird ohne Vorbehalt deine Hilfe in Anspruch nehmen. Du kennst die Vorurteile … Frauen und Autos." Sie verdreht die Augen, blickt an die Decke. „Wie lange, denkst du, kann dich dein Starrsinn noch ernähren?"

Der belehrende Unterton ihrer Stimme verursacht mir ein Kratzen im Hals.

Einfach widerlich.

Sie bringt es tatsächlich fertig, dass man sich winzig vorkommt, obwohl sie zu einem aufsieht.

„Du verkaufst und von dem Geld leistest du dir mal etwas Schickes." Abschätzend betrachtet sie mein Äußeres.

Ich halte ihrem bohrenden Blick stand, ermahne mich zur Ruhe.

„Es tut mir außerordentlich leid, wenn ich deinen Ansprüchen nicht genüge, Christina. Wenn man sein Leben natürlich als exklusives Accessoire gestaltet, hat man wahrscheinlich andere Prioritäten. Aber das weißt du selbstverständlich besser als ich."

„Isabell, Isabell. Kein Grund für deine Bissigkeit." Eine steile Falte bildet sich zwischen ihren Augenbrauen. „Du solltest mir dankbar sein, dass ich eine Lösung für dein Geldproblem gefunden habe. Einer meiner einflussreichsten Kunden sucht ein Grundstück wie das deine, um sein Bauvorhaben zu verwirklichen."

Konzentriert poliert sich Christina mit dem Daumen über den leuchtend roten Nagellack. „Was liegt da näher, als euch beiden bei euren Problemen unter die Arme zu greifen? Ich entlaste dich, indem ich dich von dieser erdrückenden Verantwortung befreie und erfreue meinen Kunden mit einem Grundstück ganz nach seinem Geschmack."

Fassungsloses Entsetzen macht sich in mir breit.

Dass sie wirklich dazu fähig ist.

Ich habe Martin stets belächelt, wenn er in angstvollem Respekt über seine Schwester gesprochen hat. Mich zur Vorsicht gemahnt hat.

Mit allem habe ich gerechnet, das jedoch übersteigt meinen Horizont. „Mit welcher Kaltschnäuzigkeit du dir anmaßt, in mein Leben einzugreifen."

Meine Finger umkrallen die Lehne eines Ledersessels. Ihr Hals wäre mir um so vieles lieber.

„Ich in deins? Dass ich nicht lache." Der spöttische Unterton ist nicht zu überhören.

„Du verfolgst mich bereits mein ganzes Leben. Martins kleiner Schatten." Ihre Augen verfinstern sich, gestatten mir einen Blick hinter die hübsche Fassade.

Sie schnaubt abfällig. „Es ist an der Zeit, dass du dich daran erinnerst, woher du kommst. Die Zimmermanns sind dir ein wenig zu Kopf gestiegen, fürchte ich."

„Was bist du nur für eine ..." Mir fehlen die Worte, mein Magen ist verknotet und ich kämpfe gegen den Drang, mich doch hinzusetzen.

„Für eine ... was?" Ihre Braue schnellt in die Höhe. „Weißt du, Isabell, bisher habe ich es geschafft in einer friedvollen Co-Existenz mit dir zu leben. Ich meine ... du hast nicht mal ansatzweise mein Format. Man kann das Mädchen aus der Werkstatt holen, jedoch nie die Werkstatt aus dem Mädchen."

Die unverhohlene Arroganz, mit der sie mir begegnet, ist weder neu noch überraschend.

„Dass du dir einzubilden scheinst, ein Niklas Baringhaus könnte Gefallen an dir finden, geht eindeutig zu weit." Sie lacht auf. Unnatürlich laut. „Das ist derart lächerlich, Isabell."

Ich schlucke hart an dem Kloß in meinem Hals vorbei, ignoriere das Kribbeln in meinen Nasenflügeln.

„Darum geht es also. Deine Eifersucht. Das ist jämmerlich, Christina. Weil du Niklas nicht haben kannst, versuchst du, mich loszuwerden. Das ist ja schlimmer als in einer Rosamunde-Pilcher-Verfilmung." Ich bin mir nicht sicher, ob ich über ihr Geständnis lachen oder weinen soll.

Christina Zimmermann ist eifersüchtig auf mich. Unglaublich.

„Dummerchen, es geht nicht darum, dass ich Niklas nicht haben kann. Er gehört mir schließlich schon seit einiger Zeit." Enerviert zuckt sie mit den Schultern. „Es geht vielmehr darum, dass du nicht in meinem Revier zu wildern hast. Wir wollen den armen Kerl ja nicht unnötig in Versuchung führen, nicht wahr?"

Mit diesen Worten erhebt sie sich.

Und ich spüre, wie das Blut beginnt, hinter meinen Ohren zu rauschen.

„Ach, das hat er dir wohl nicht erzählt, dieser kleine Herzensbrecher." Ihr darauffolgendes Lächeln als liebenswürdig zu bezeichnen, wäre übertrieben.

Dennoch genügt es, um mir vollends den Boden unter den Füßen wegzuziehen.

Ich schließe kurz meine Augen.

Er gehört mir schließlich schon.

„Da muss ich wohl mal ein ernstes Wort mit Nikki reden. Dich so hinters Licht zu führen." Sie kichert.

Niklas und Christina … Christina und Niklas …

Sie hat nicht nur ihre Tentakel nach ihm ausgeworfen, sie hat ihn bereits fest im Griff.

Und ich dämliches Schaf lasse mich von dieser aalglatten Jovialität auch noch schmieren.

Ich hätte auf mein Bauchgefühl bei unserem ersten Zusammentreffen hören sollen.

Plötzlich legt sich Christinas Hand auf meinen Arm. „Möchtest du ein Glas Cola? Du siehst aus, als hättest du einen Geist gesehen. Nicht, dass dein Kreislauf noch schlappmacht."

„Fahr zur Hölle."

Ich winde mich an ihr vorbei, nur um im Flur regelrecht in Niklas' Arme zu laufen.

Er wirkt gehetzt und außer Atem, als wäre er gerannt.

Erleichtert stöhnt er auf, als er mich erblickt. „Verflucht, Isabell, ich bin die komplette Straße entlanggelaufen, habe dich gesucht." Mit einer fahrigen Bewegung fährt er sich durch sein zerzaustes Haar, kommt einen Schritt auf mich zu.

„Jetzt hast du mich ja gefunden." Ich weiche vor ihm zurück, ziehe die Konzertkarten aus meiner Hosentasche.

Ein wehmütiger Blick auf die glänzende Pappe, ehe ich sie vor ihm auf den Empfangstresen lege. „Ich habe keine Verwendung mehr dafür. Vielleicht solltest du mit Christina hinfahren."

Sein Kiefermuskel zuckt, aber er erwidert nichts.

Ich presse meine Lippen fest aufeinander, fühle mich derart ausgelaugt und erschöpft.

Mein Blick verhakt sich mit seinem. „Ihr steckt ja anscheinend in mehr als nur einer Hinsicht unter einer Decke. Schade nur, dass ich das erst jetzt durchschaut habe."

Bittere Galle vergiftet meine Eingeweide.

„In Gottes Namen, wovon sprichst du, Isabell?" Irritiert greift er nach meinem Ellbogen, doch ich bin bereits an ihm vorbei.

Meine Stimme klingt tatsächlich fester, als ich es für möglich gehalten hätte. „Ich werde nicht aufgeben, und wenn es das Letzte ist, was ich tue. Ihr bekommt meine Werkstatt nicht."

Er öffnet seinen Mund, als wolle er etwas erwidern.
Meine Hand schnellt in die Luft, verbietet ihm das Wort. „Was immer du jetzt sagen willst, es spielt keine Rolle mehr."

Niklas' graugrünen Augen studieren ungläubig mein Gesicht, als suche er nach einer Erklärung.

Anscheinend findet er nicht, wonach er sucht.

„Isabell, was ist denn hier los, verdammt noch mal?" Seine Faust schlägt auf den Empfangstresen, lässt mich zusammenzucken.

„Du hast mich an der Nase herumgeführt, das ist hier los." Ich brülle ihm diesen Satz ins Gesicht, ehe ich mich so weit wieder unter Kontrolle habe, die nächsten Wörter verachtungsvoll leise über die Lippen bringe. „Ich hätte auf Martin hören sollen. Und auf mein Bauchgefühl. Du bist eben wirklich nur ein Arsch."

Damit verlasse ich das Büro, das Haus.

Und Niklas folgt mir dieses Mal nicht.

Ich bin ja so unglaublich bescheuert.

Kapitel 27

Keine Ahnung, wie lange ich hier bereits liege, es muss ein Weilchen her sein.

Es ist stockduster im Raum, lediglich der Mond wirft diffuses Licht in mein Zimmer.

Die einzelnen Gigs sind bestimmt alle zu Ende.

Ein Schluchzen löst sich aus meinem Brustkorb.

Hoffentlich sind sie beide in der Menge zerquetscht worden.

„Isa, Martin hat bestimmt vier Mal angerufen. Er behauptet, du gehst nicht an dein Handy." Meine Großmutter klopft an meine Tür, ehe sie eintritt. Ich schaffe es gerade noch, mir die Tränen von den Wangen zu wischen, ehe sie mich ansieht.

Aber sie ist meine Großmutter, welche lediglich einen flüchtigen Blick benötigt, um meine Stimmung einzufangen. „Hast du wieder geweint?" Ihre Hand fährt durch meine Haare, als sie sich neben mich auf die Bettkante setzt.

„Nein." Meine Stimme zittert verräterisch und sofort steigen mir erneute Tränen in die Augen. Trotzig drehe ich mein Gesicht in das Kissen.

„Erzähl mir keinen Unsinn. Du kommst völlig aufgelöst und viel zu früh nach Hause, verschanzt dich in deinem Zimmer und bist noch nicht mal für Martin zu erreichen? Wen möchtest du für dumm verkaufen, hm?"

Ich schniefe undamenhaft und lege meinen Kopf in ihren Schoß. Sie streichelt über meine Stirn und ich schließe die Lider. „Ach Omilein, ich bin so entsetzlich enttäuscht. Und sauer über mich selbst. Wie konnte ich nur auf so einen Typen reinfallen?"

„Willst du mir nicht erst mal erzählen, was überhaupt geschehen ist, ehe ich darauf antworte?"

Das stetige Kraulen ihrer Hand lässt mich schläfrig werden. „Muss ich?"

„Das wäre zumindest klug von dir. Denn eigentlich machte Herr Baringhaus einen anständigen Eindruck auf mich."

Empört setze ich mich aufrecht. „Oma, du musst gefälligst auf meiner Seite sein. Dieser widerliche Scheißkerl hat mich belogen, dass sich die Balken biegen."

Also beginne ich, ihr den ganzen Schlamassel anzuvertrauen. Jede noch so kleine Kleinigkeit.

Immer wieder schlucke ich die aufsteigenden Tränen hinunter, steigere mich lieber in meine Wut über den Verrat, den Niklas an mir begangen hat.

Und Oma? Sitzt mir einfach gegenüber und sagt keinen Ton. Auch nicht, nachdem ich meine Erzählung beendet habe.

Außer zu einem „Mmmpfff" lässt sie sich zu keiner Meinung herab.

„Was soll das denn bitte heißen? Mmmpfff?" Ich verziehe unwillig meine Miene.

„Nun, ich möchte dir zu bedenken geben, dass Christina Zimmermann ihre Hände hier im Spiel zu haben scheint. Und sie ist der Inbegriff der weiblichen Manipulation. Bevor du dich hier einigelst, solltest du diesem Biest die Zähne zeigen." Sie zuppelt in meinen Locken. „Was Niklas Baringhaus betrifft … es stimmt, diese Zufälle sind mehr als fragwürdig. Trotzdem … irgendwie kann ich deine Schilderung nicht mit dem Bild in Einklang bringen, das ich mir von ihm gemacht habe."

„Oma, das kann doch nicht dein Ernst sein!" Ich fasse an ihre Stirn. „Also Fieber hast du nicht. Wann hast du einen Termin beim Neurologen? Vielleicht stimmt etwas nicht mit deinen Gehirnströmungen."

Sie schlägt mir entrüstet auf den Oberarm. „Also wirklich, Isabell Holzer! Wer hat dich eigentlich erzogen?"

Und dann beginnen wir beide zu lachen. Meines klingt ein kleines bisschen hysterischer als das ihre.

Ein Klingeln an der Haustür lässt mich zusammenfahren.

„Wer ist das denn noch? Es ist bestimmt schon nach elf." Schulterzuckend erhebt sich meine Großmutter.

„Ich will niemanden sehen."

„Sei nicht albern, Isabell. Erst mal schauen, wer uns so spät noch beehrt."

Und damit verschwindet sie in den Flur, lässt mich zurück mit der Frage, wie ich reagieren soll, sollte Niklas derjenige sein, der zu so später Stunde noch vorbeischaut.

Es ist nicht Niklas.

„Mensch, Isa. Nenne mir einen einzigen Grund, warum du nicht an dein Telefon gehst. Hast du auch nur den Ansatz einer Ahnung, welche Sorgen ich mir um dich gemacht habe, nachdem du einfach aus dem Café verschwunden bist? Und dich nicht bei mir gemeldet hast? Nicht, dass das etwas Neues wäre. Du bist wirklich das starrsinnigste Weib, das ich kenne …"

Noch während ich seine Predigt über mich ergehen lasse, verlasse ich endlich das Bett und umfasse seine Mitte. Drücke meine Nase gegen seine Brust, atme seinen vertrauten Geruch ein und spüre, wie die Anspannung von mir abfällt, als seine Arme sich um mich legen.

„Du hast mir so sehr gefehlt."

Er schnaubt. „Manchmal bist du mir ein Rätsel. Du hättest einfach auf meine Anrufe reagieren können."

Ich schüttele den Kopf, noch immer in seinem Hemd vergraben. „Nein, das hätte ich nicht. Nicht nach deinem Liebesgeständnis." Ich hebe ihm mein Gesicht entgegen.

Seine Stirn kraus gezogen blickt er auf mich herab. „Isa, du bist so schnell verschwunden, dass ich dir nicht erklären konnte, wie ich es gemeint habe, als ich sagte, ich würde dich nicht so behandeln."

Er macht einen Schritt zurück, hält mich auf Abstand.

„Aber auch das ist ja nichts Neues. Daher habe ich dich erst mal in Ruhe gelassen. Nachdem du dich jedoch den ganzen Tag über nicht gemeldet hast und auch nicht an dein Handy gegangen bist, bin ich fast verrückt geworden. Als Oma mir dann sagte, du wärst mit Niklas unterwegs, hätte ich dich am liebsten durchgerüttelt, bis deine Synapsen wieder funktionieren."

Martin seufzt dramatisch, schüttelt mich tatsächlich. Meine Zähne klappern aufeinander, da ich nicht damit gerechnet habe.

„Ich bin nicht verliebt in dich. Ich liebe dich, ja, allerdings bin ich nicht verliebt in dich, du dumme Gans. Verliebt bin ich lediglich in die Vorstellung, dass ich es sein könnte." Er verdreht die Augen. „Es gibt niemanden, dem ich mehr vertraue als dir. Der mich besser kennt."

Er küsst meine Nasenspitze und ich fühle mich töricht, dass ich auch nur ansatzweise daran geglaubt habe, dass mein bester Freund plötzlich romantische Gefühle für mich hegt.

„Denn, wenn ich mich jemals in eine Frau ernstlich verliebe, dann muss sie sich wohl mit dir messen lassen. Das ist wahrscheinlich der Grund, warum ich noch immer Single bin. Es gibt nämlich nur eine Isabell Holzer."

Er lacht leise und ich kaue verschämt auf meiner Unterlippe.

Martin zieht eine Augenbraue in die Höhe. „Was ist, sollen wir Oma fragen, ob sie Kakao kocht, und uns dann überlegen, wie wir das mit deinem kleinen Geldproblem wieder hinbekommen?"

„Hoffentlich hast du Zeit mitgebracht. Es gibt da noch einiges, von dem du noch nichts weißt."

~oOo~

Kurz überlegt Niklas, Isabell hinterherzulaufen.

Er entscheidet sich dagegen.

Irgendwas sagt ihm, dass er zu allererst dem Auslöser für ihr Verhalten auf den Grund gehen muss.

Und irgendwie hat er so eine Ahnung, dafür bei Christina Zimmermann an der richtigen Adresse zu sein.

Also macht er sich auf die Suche.

Und er findet sie in ihrem Büro.

Niklas macht sich erst gar nicht die Mühe, großartig anzuklopfen.

Mit dem Telefonhörer am Ohr säuselt sie gegen ihre Fensterfront. „Selbstverständlich, Herr Jäger. Darauf können Sie sich verlassen. Wir hören voneinander."

Dann bemerkt sie Niklas, schenkt ihm ihr betörendes Lächeln.

Nur dass es Niklas nicht mehr betört.

„Nikki-Schatz! Wie schön, dass du endlich hergefunden hast. Ich versuche bereits seit Tagen, dich zu erreichen." Sie zieht einen Flunsch, kommt auf ihn zu und Niklas ballt die Hände zu Fäusten.

„Lass den Scheiß, Christina."

Erstaunt blickt sie ihn an. „Lass den Scheiß? Wirklich, Niklas?" Ungläubig mustert sie sein Gesicht. „Du hast dir schon den Gassenslang der kleinen Holzer angeeignet, wie mir scheint."

Er atmet scharf ein.

„Mich würde brennend interessieren, was du von Isabell wolltest."

„Ich weiß nicht, wovon du redest." Sie legt ihre manikürten Finger über die Brust. „Was bitte schön sollte ich denn von Martins kleiner Freundin wollen?"

Niklas spürt, wie ihn die Geduld verlässt. Am liebsten möchte er in etwas einschlagen. „Deine Unschuldsmiene kauft dir wirklich niemand mehr ab. Ich am allerwenigsten. Ich habe kein Interesse an deiner Heuchelei." Die Härte seiner Tonart lässt ihn selbst schaudern.

Er ist fest davon überzeugt, dass eine anständige Tracht Prügel so manches Luder wieder auf den rechten Weg bringen würde.

Niklas macht einen bedrohlichen Schritt auf sie zu, kämpft seine Wut hinunter. „Solltest du mir jetzt nicht auf der Stelle erzählen, was hier gerade vorgefallen ist, dann …" Er lässt seine Drohung im Raum schweben.

Christina wendet sich theatralisch ab. „Man könnte ja fast meinen, du hättest mehr als nur einen Narren an dieser Werkstattgöre gefressen, mein Lieber."
Seine Hand krallt sich in ihre Schulter, nötigt sie zu bleiben.

„Du gehst nirgendwo hin, ehe du mir nicht erzählt hast, was hier gerade passiert ist. Hast du mich verstanden?"

Christina fährt zusammen. „Du tust mir weh, Niklas."

„Anscheinend noch nicht genug." Er verstärkt seinen Griff, zwingt sie, sich wieder zu ihm umzudrehen. „Also … ich höre …"

„Du machst dich lächerlich, Niklas Baringhaus. Lass mich augenblicklich los." Ihre Augen wandern zu seiner Hand, die sich förmlich in ihrer Schulter vergraben hat. „Sofort!"

Er lockert die Finger, ohne gänzlich von ihr abzulassen.

Plötzlich beginnt ihr Blick wissend zu funkeln. „Du hast dich verknallt. In Martins Sandkastenliebe." Christinas viel zu lautes Lachen dröhnt unangenehm in seinen Ohren.

Und nicht zum ersten Mal fragt er sich, wie er jemals so blöd gewesen sein konnte, sich auf sie einzulassen.

Doch auch ihm rutscht leider gelegentlich das Hirn in den Schwanz.

„Nikki-Schatz, sie hat so gar nicht dein Kaliber."

Selbstgefällig wirft sie ihre langen Haare über die Schulter.

Mit ihrem Zeigefinger zeichnet sie sein Kinn nach, fährt über den Kragen seines Hemdes.

Er schnappt nach ihrem Handgelenk. „Ich meine es ernst, Christina."

„Oh, ich auch Niklas. Ich meine es sehr ernst damit, wenn ich dir sage, dass es für das Früchtchen an der Zeit ist, ihre derzeitige Lebenssituation zu überdenken und sich kleiner zu setzen."

Der Honig in ihrer Stimme kann ihn nicht darüber hinwegtäuschen, dass Christina Zimmermann ihre Krallen ausgefahren hat.

„Was genau soll mir das sagen?"

„Das fragst du sie wohl am besten selbst. Ihr versteht euch doch so gut, wie mir scheint." Mit einem Ruck befreit sie ihr Handgelenk.

Verächtlich erwidert sie seinen Blick. „Und jetzt solltest du besser gehen. Ich habe noch zu tun."

„Was immer du vorhast, Christina, sei dir sicher, es wird nicht funktionieren. Das verspreche ich dir." Er baut sich derart nahe vor ihr auf, dass Christina einen defensiven Schritt zurückweicht.

Mit Genugtuung nimmt er zur Kenntnis, dass ihr Unterkiefer gefährlich zuckt.

„Also überlege dir deinen nächsten Schritt ganz genau."

„Drohst du mir etwa?" Sie hat sich schneller wieder im Griff, als ihre Gesichtszüge zu entgleisen drohen.

„Nein, das war lediglich ein gut gemeinter Rat. Unter alten Freunden."

Mit diesen Worten lässt er sie stehen.

~oOo~

Nachdem ich Martin das gesamte Ausmaß meines finanziellen Dilemmas gebeichtet habe, hat er, ohne zu zögern, meine zur Zahlung offenstehenden Raten bei der Bank ausgeglichen.

Meine Bitte, das Ganze vorher schriftlich zu fixieren, hat er mit einem missbilligenden Blick gestraft.

Die Tatsache, dass seine Schwester an meiner ungünstigen Lage nicht nur geringfügig beteiligt ist, hat ihn fast aus der Hose springen lassen.

Ich glaube, das war das allererste Mal, dass er sich gegen Christina Zimmermann behauptet hat.

Und ich liebe ihn dafür nur noch ein wenig mehr.

Mittlerweile ist eine Woche vergangen und ich könnte also langsam zur Ruhe kommen, würde die Tatsache, dass meine Auftragslage noch immer eher schleppend ist, nicht rücksichtslos über meinem Kopf schweben.

Denn ich mache mir nichts vor, irgendwann werde ich vielleicht verkaufen müssen.

So sehr mir Martins kurzfristige finanzielle Spritze wieder auf die Beine geholfen hat, so stehen sie dennoch eher auf wackeligem Boden.

Herr Jäger hat unmissverständlich klar gemacht, dass die Bank keine weiteren Verzögerungen in Kauf nehmen wird.

Vielleicht ist er auch einfach nur eingeschnappt, weil ihm die Provision durch die Lappen gegangen ist, die er unstreitig an dem Verkauf meines Grundstücks verdient hätte.

Wie gesagt, ich konnte ihn noch nie leiden.

Am liebsten hätte ich eine Grimasse gezogen und wäre wie Rumpelstilzchen um seinen Schreibtisch getanzt, nachdem Martin seine Unterschrift unter die notwendigen Papiere gesetzt hat.

Ich wollte trotz allem nicht verantwortlich sein für einen möglichen Herzklabaster des kleinen Waldschrats.

Martins Vorschlag, darüber nachzudenken, einen Mann einzustellen, der in meinem Namen die Werkstatt führt, stößt jedoch auf taube Ohren.

Es ist meine Werkstatt, das Erbe meines Vaters und ich will verdammt sein, wenn ich es nicht schaffe, dem gerecht zu werden.

Weiß der Himmel, wie!

Ich musste Martin jedoch zumindest versprechen, diesen Gedanken nicht komplett zu verwerfen.

Vielleicht denke ich später darüber nach.

Meine Großmutter beobachtet mich mit Argusaugen.

Sie bemüht sich, mich nicht allzu mitleidig zu betrachten, und ich habe ihr nahegelegt, ihre Samthandschuhe wieder auszuziehen.

Es geht mir gut. Den Umständen entsprechend.

Die in die Decke gestarrten Löcher werden mithin immer größer und mein Herz immer schwerer.

Sogar Karl, der gute alte Onkel Karl, schleicht um mich herum, sucht mir Arbeit, wo eigentlich keine wäre.

Ich beschwere mich nicht und kämpfe einfach weiter dagegen an, in einen noch tieferen Abgrund zu fallen.

Denn ich würde mich selbst belügen, wenn ich behaupte, dass es mir nichts mehr ausmache.

Dass ich über Niklas Baringhaus hinweg bin.

Das erste Mal seit einer gefühlten Ewigkeit war ich bereit, mich zu verlieben.

Und vielleicht war ich das ja auch ein wenig. Bin es immer noch.

Nur um mit offenen Augen vor die Wand zu fahren.

Wie konnte ich das nur zulassen?

Niklas Baringhaus hat mich tief verletzt.

Ständig hat er versucht, mich zu erreichen.

Ich habe genug von seinen Lügen, habe ihn direkt mit meiner Mailbox verbunden und ungehört gelöscht.

Von meiner Mailbox, aus meinem Leben. Ein für alle Mal.

Vor zwei Tagen ist er auf den Hof gefahren.

Mein Herz ist förmlich stehen geblieben, als ich den BMW gesehen habe.

Wie ein Feigling habe ich mich hinter der nächsten Mauer versteckt, damit er mich nicht entdeckt.

Fast wäre ich schwach geworden, als er aus dem Auto gestiegen ist, mit Karl gesprochen hat.

Die tiefen Schatten unter seinen Augen, die Bartstoppeln in seinem Gesicht.

Sieht man so mitgenommen aus, wenn man bewusst gelogen hat? Absichtlich getäuscht?

Ich weigere mich, darauf zu hoffen, dass ich mich geirrt haben könnte.

Solche merkwürdigen Zufälle gibt es einfach nicht und die Endgültigkeit meiner Entscheidung ist nicht nur gerechtfertigt, sondern auch das Beste für mich.

Erneut schnürt sich meine Kehle zusammen, wenn ich mich an den Ausdruck seiner Augen erinnere, als mein Onkel ihn darüber unterrichtet hat, dass ich nicht zu sprechen sei.

Für ihn nicht mehr zu sprechen sein werde.

Ich habe in meine Faust gebissen, damit Niklas mein leises Schluchzen nicht hört.

Scheiße, verfluchter Mist. Wie kann das möglich sein? Nach solch kurzer Zeit?

Selbst als er mit hängenden Schultern zum Auto zurückgeschlichen ist, bin ich stark geblieben. Habe mein Versteck nicht verlassen.

Innerlich bin ich zum wiederholten Mal in mir selbst zusammengebrochen.

Äußerlich an der Wand, an der ich stand.

Hier hat mich meine Großmutter dann eingesammelt. Kein Wort hat sie darüber verloren. Das brauchte sie gar nicht, konnte ich den Vorwurf doch aus ihrem Blick lesen.

Nicht mit ihm zu sprechen, ihm nicht die Möglichkeit zu geben, sich mir zu erklären.

Sie ist noch immer der Meinung, dass alles nur ein einziges, riesiges Missverständnis sei. Ich mir mit meiner Starrköpfigkeit nur wieder selbst im Wege stehe.

Selbst wenn sie recht hätte … ich will das alles nicht mehr hören.

Ich will, dass mein Leben wieder wird, wie es war.

Vor Niklas Baringhaus.

Verflucht, das kann nicht so schwer sein!

Martins Bemühungen, mich aufzumuntern, funktionieren nur bedingt.

Ich bin ein heulendes Elend. Im wahrsten Sinne des Wortes.

Zu den unmöglichsten Gelegenheiten beginnt, mein Kinn zu zittern, und dass ein Mensch über so viele Tränen verfügt, war mir bisher überhaupt nicht klar.

Aber ich scheine einen nicht zu versiegenden Wasservorrat zu besitzen.

Du bist eben tatsächlich nur ein Kamel, Isabell Holzer!

„Isabell, kommst du? Das Essen ist fertig."

Die Mutter meiner Mutter steht in der Tür zu meinem kleinen Büro, reißt mich aus meinen Gedanken.

Mit einem gezwungenen Lächeln blicke ich sie an. „Später, Oma. Ich habe noch keinen Hunger."

„Das war keine Bitte, Fräulein. Du bist nur noch Haut und Knochen, also sieh zu, dass du den Weg in die Küche findest. Sofort!"

Sie wartet meine Antwort nicht ab, sondern entzieht sich meinem Blickfeld.

Mit einem resignierten Seufzer lege ich die Rechnung unbearbeitet wieder auf den Stapel zurück und drehe mich in meinem Stuhl einmal um die eigene Achse.

Nichts geht doch über eine verständnisvolle Familie.

~oOo~

„Wirklich, Niklas, so geht das nicht weiter!" Klara lässt den Wäschekorb lautstark auf den Boden fallen.

Frisch eingerollte Socken kullern über das Parkett, bleiben unbeachtet vor seinen Füßen liegen.

Niklas stiert aus dem Fenster, ohne überhaupt etwas von dem Treiben um ihn herum wahrzunehmen.

Seine Cousine klatscht in die Hände, ehe sie die Fäuste in ihre Hüften stemmt und ungeduldig mit ihren Fußspitzen aufs Parkett trommelt. „Merkst du eigentlich noch was? Die Welt könnte untergehen und du verkriechst dich in diesem Zimmer. Wann warst du das letzte Mal in deinem Büro, Niklas Baringhaus?"

Niklas streicht sich mit der Innenfläche seiner Hand über das stoppelige Kinn, seine müden Augen. „Ich gehe gleich. Nur noch einen Moment."

Klara bückt sich nach den Socken. „Rasier dich erst und gehe duschen, sonst landest du noch als öffentliches Ärgernis in den Nachrichten."

Niklas versucht zu lächeln, doch seine Mundwinkel versagen ihren Dienst.

Klara lässt sich auf dem vollen Wäschekorb nieder, legt eine Hand auf sein Knie. „Und das alles wegen einer Frau? Wenn mir das vorher jemand versucht hätte, weiszumachen, dem hätte ich nicht nur einen Vogel gezeigt." Sie grinst und Niklas schnaubt.

„Ich weiß ja selbst nicht, was mit mir los ist. Nur, dass sie sich in meinem Kopf festgefressen hat." Er massiert seine Nasenwurzel.

„Nicht nur in deinem Kopf, wie mir scheint."

Niklas legt seine Hand über die ihre. „Klara, wenn sie nur mit mir reden würde. Ich hatte wirklich keine Ahnung von Christinas Plänen. Habe ich eigentlich noch immer nicht." Wieder nimmt die Wut von ihm Besitz und reflexartig drückt er Klaras Finger in seinen.

„Autsch, du Hornochse." Sie entzieht ihm die Hand, schlägt auf seinen Oberschenkel. „Anstatt mir die Finger zu brechen, solltest du Christina vermöbeln und deiner kleinen Werkstattschnecke mal ordentlich den Marsch blasen. Es kann nicht angehen, dass du hier versumpfst. Wo ist der Niklas Baringhaus geblieben, der der ganzen Welt dreckig ins Gesicht gelacht hat?"

Niklas stöhnt, fährt sich hilflos durch die Haare. „Sie redet nicht mit mir."

„Dann rede du mit ihr. Das kann nicht so schwer sein, um Gottes willen."

Er sieht sie aus trüben Augen an, sagt keinen Ton.

Klara verharrt noch einen Augenblick, ehe sie sich erhebt, die saubere Wäsche wieder aufnimmt. „Wenn du es nicht tust, Niklas, dann werde ich sie mir mal vornehmen. Ich bin ihr dankbar, dass sie dich wieder nach Hause gelockt hat. Allerdings hatte ich das etwas anders im Sinn."

„Ach Klärchen, wenn es nur so einfach wäre." Steif geworden quält er sich aus dem Sessel, nimmt ihr die schwere Last ab.

„Es ist sogar noch viel einfacher als das, Nikki. Und glaube mir, wenn ich dir sage, dass sie zuhören wird."

Daran zweifelt er keine Sekunde.

Kapitel 29

Es ist das erste Mal seit vier Tagen, dass er das Büro betritt. Corinna atmet erleichtert aus, als er sich bei ihr zurückmeldet.

„Gott sei Dank, Herr Baringhaus. Hier war die Hölle los."

„So schlimm wird es nicht gewesen sein. Herr Folkenborn springt sicherlich gerne für mich ein." Er greift nach den für ihn hinterlegten Nachrichten.

„Sicher, aber Frau Zimmermann hat diverse Male nach Ihnen gefragt. Mal mehr, mal weniger freundlich. Und sie wollte sich nicht an Herrn Folkenborn verweisen lassen."

Er blickt in Corinnas hübsches Gesicht. „Das ist natürlich schade für Frau Zimmermann. Sollte sie sich noch mal melden, richten Sie ihr bitte aus, dass ich mich melde, wenn ich Zeit habe, mit ihr zu sprechen. Und dann erstellen Sie mir bitte eine Liste der Aufträge, die wir von oder über Zimmermann Immobilien erhalten haben."

Sollte sie verwundert sein, lässt es sich seine Assistentin jedenfalls nicht anmerken, sondern beginnt direkt in ihrem Computer nach Dateien zu suchen, zu markieren und in eine neue Liste zu übertragen.

Es ist an der Zeit, gründlich aufzuräumen. In seinem Leben, seinem Job. Und je eher er damit beginnt, desto besser für sein Wohlbefinden.

An seinem Schreibtisch angekommen hängt er seine Jacke achtlos über den Stuhl und fischt einen Rückrufzettel aus dem Wust an Papieren in seiner Hand.

Wieder dieser Herr Jäger.

Niklas stutzt. War das nicht der Name, bei dem Isabell blass um die Nase geworden ist?

Ohne weiter darüber nachzudenken, tippt er die Telefonnummer.

„Darlehensabteilung. Jäger." Niklas' Gedanken wirbeln durcheinander.

„Baringhaus. Herr Jäger, ich habe eine Rückrufbitte vorliegen. Womit kann ich Ihnen denn dienlich sein?"

Hatte nicht unlängst Christina mit einem Herrn Jäger telefoniert?

Er lockert seine Krawatte.

„Ahhh, Baringhaus. Ja, … ja genau. Ich habe bereits des Öfteren versucht, Sie zu erreichen." Ein unterschwelliger Vorwurf.

Niklas verdreht die Augen. Herr Jäger ist ihm nicht sonderlich sympathisch.

„Sicher. Jetzt bin ich am Apparat. Also? Was gibt es denn so Wichtiges?"

„Nun, eigentlich ist es im Moment nicht mehr spruchreif, gleichwohl habe ich bereits mit ihrer reizenden Chefin gesprochen. Es ist ja nur noch eine Frage der Zeit, bis das Grundstück an uns zurückfällt."

„Meine Chefin?" Wütend lässt er die Miene seines Kugelschreibers unaufhörlich klicken.

Eine unangenehme Ahnung verfestigt sich und er ärgert sich maßlos, dass er nicht bereits vor Tagen daran gedacht hat, diesen Jäger zurückzurufen.

„Ja, Frau Zimmermann. Ich bin davon ausgegangen, dass sie Ihnen die neuesten Entwicklungen bereits geschildert hat. Zurzeit sind mir leider die Hände gebunden. Die Besitzerin der Werkstatt konnte die rückständigen Raten ausgleichen. Ich bin mir jedoch ziemlich sicher, dass es nicht lange dauert, bis sie wieder in Verzug gerät. Die Werkstatt ist in Frauenhand nicht mehr sonderlich solvent."

Das darauffolgende gehässige Lachen dieses Herrn Jäger lässt ihn den Stift quer über den Schreibtisch schleudern.

„Soll heißen?" Sein Puls pocht gefährlich hinter den Schläfen.

„Oh, Herr Baringhaus, das soll heißen, dass die Angelegenheit lediglich aufgeschoben ist und keineswegs aufgehoben." Er kichert. „Stellen Sie sich das nur mal vor. Diese Frau glaubt tatsächlich daran, dass sie eine Autowerkstatt erfolgreich führen kann. Ich bitte Sie! Welcher Mann würde denn ruhigen Gewissens sein Auto in die Hände einer Frau geben? Pah, dass ich nicht lache."

Niklas schließt verschämt die Augen. War das nicht genau seine eigene Reaktion, als der Volvo fast verreckt wäre?

Zerknirscht muss er diese Feststellung zubilligen. „Ja, da haben Sie sicherlich recht, Herr Jäger."

„Ich würde vorschlagen, dass wir einfach noch mal in Kontakt treten, wenn ich eine Fälligstellung des Darlehens gegenüber der jetzigen Besitzerin ausgesprochen habe." Jäger macht eine bedeutungsschwangere Pause. Der Stolz über seinen perfiden Plan schwingt in jedem seiner folgenden Worte. „Denn eines lassen Sie sich versichert sein. Eine günstige Anschlussfinanzierung wird es von uns nicht geben. Auch nicht von einer anderen Bank. Bei diesem stark gestiegenen Zinssatz."

Das Schnaufen, das sein Gesprächspartner durch den Hörer verlauten lässt, verursacht Niklas Ekel. Angewidert wischt er sich über den Mund, als könnte er den Atem des anderen darauf spüren.

„Na, das hört sich doch vielversprechend an." Niklas beißt seine Kiefer fest zusammen.

„Der Meinung war Ihre Chefin ebenfalls. Wie gesagt, ich trete noch mal mit Frau Zimmermann und Ihnen in Kontakt, sobald es Neuigkeiten gibt."

„Sicher. Machen Sie das." Ohne sich zu verabschieden, beendet er das Telefonat.

„Verdammt." Seine Faust schlägt auf den Schreibtisch. Wütend springt er aus seinem Stuhl, der unverzüglich gegen die Wand unmittelbar dahinter scheppert. „So eine verdammte, verfluchte Scheiße!"
Er greift nach seiner Jacke und hechtet an Corinna vorbei, die verdattert in der Tür erscheint.

„Ich bin weg für heute, Corinna."

„Aber, Herr Baringhaus, Sie sind gerade erst gekommen …"

„Und jetzt gehe ich auch schon wieder."

Er nimmt sich nicht die Zeit, auf den Lift zu warten, sondern entscheidet sich direkt für die Treppe.

Wenn alles so stimmt, wie er es sich zusammengereimt hat, muss er unbedingt mit Martin sprechen.

Selbst wenn ihm der Gedanke wenig behagt, Niklas ist sich sicher, dass Martin seine Brücke zu Isabell sein wird.

Ebenso sicher ist er, dass Martin derjenige war, der die Raten an die Bank beglichen hat.

In seinem Kopf spinnt sich eine Idee zusammen.

Und es müsste mit dem Teufel zugehen, wenn es ihm nicht gelingt, Martin Zimmermann davon zu überzeugen.

Und dann muss sie ihm endlich zuhören.

Shit. Sie muss es einfach!

~oOo~

Ich schlürfe meinen Kaffee und lasse meine Augen über das menschenleere Gelände wandern.

Hier fehlt nur noch das Büschel totes braunes Gras, welches von einem Wüstenwind quer über den Hof geweht wird.

Ich muss über meinen eigenen Galgenhumor abfällig kichern.

Das in die Jahre gekommene Firmenschild glänzt in der Sonne, auch wenn die Buchstaben des *Kfz-Meisterbetrieb Holzer* längst nicht mehr so farbintensiv hervorstechen.

Oma lässt es sich nicht nehmen, es Woche für Woche mit Scheuermilch zu bearbeiten, um zu verhindern, dass sich der Dreck einfrisst.

Am Donnerstag ist TÜV-Termin, da ist damit zu rechnen, dass tatsächlich der eine oder andere Kunde in die Verlegenheit kommt, den Weg hierherzufinden.

Ansonsten ist es ein einziges Trauerspiel.

So sehr es mir zuwider ist, ich muss mich mit dem Gedanken anfreunden, einen männlichen Meister einzustellen.

Onkel Karl kommt hierfür leider nicht infrage.

Der Bruder meines Vaters hatte vor einiger Zeit einen Herzinfarkt und sollte eigentlich gar nicht mehr arbeiten.

Ich habe es nicht übers Herz gebracht, ihn daran zu hindern. Er musste mir lediglich versprechen, kürzerzutreten.

Doch er ist Schrauber aus Leidenschaft und die Tage, an denen er mir zur Hand geht, sind ihm heilig.

Wenn ich genau darüber nachdenke, war das der Zeitpunkt, an dem die Kunden ausblieben oder eben nur noch an den Tagen auf den Hof fuhren, wenn Karl ebenfalls anwesend war.

Unmöglich, dass ich ihm die Verantwortung für all das hier überlasse.

Ich atme tief ein und schiebe mir die Haare hinter die Ohren.

Alles Jammern nützt nichts. Es wird Zeit, den Kopf aus dem Sand zu ziehen und zu retten, was zu retten ist.

Der alte Golf IV, der die Auffahrt entsetzlich laut und weiß qualmend hochächzt, zieht meine Aufmerksamkeit auf sich.

Ich nehme einen letzten Schluck aus meiner Tasse, ehe ich der Frau zur Hilfe eile, die sich fragend umsieht, eine kleine Visitenkarte in den Händen.

Als sie mich entdeckt, strahlt sie über das ganze Gesicht. „Entschuldigen Sie, Sie sind bestimmt Isabell Holzer."

„Genau die bin ich." Ich strecke ihr zur Begrüßung meine Hand entgegen, die sie, ohne zu zögern, ergreift.

„Oh, Gott sei Dank. Rudolph ist mein Name. Tanja Rudolph. Sie können sich nicht vorstellen, wie erleichtert ich die Nachricht aufgenommen habe, dass es hier tatsächlich eine Autowerkstatt nur für Frauen gibt. Endlich muss *Frau* keine Angst mehr haben, übers Ohr gehauen zu werden, nur weil die Herren der Schöpfung an unserem Unwissen Geld verdienen wollen." Ihre Worte prasseln auf mich ein, während sie mit der kleinen Karte in ihrer Hand hin und her wedelt, sich umsieht. „Hübsch haben Sie es hier. Das vorher noch nie jemand auf die Idee gekommen ist ..."

Ich runzle meine Stirn, als ich einen Blick auf das Kärtchen erhasche.

Gespickt mit meiner Adresse und Telefonnummer.

Ich entwende ihr die Karte, nehme das überraschte Gesicht der Lady in Kauf.

„Das kann nicht … also, das ist doch nicht … die Möglichkeit!" Ich wende die Karte ein paar Mal in meinen Händen. Wer auch immer dafür verantwortlich ist … ich bin es nicht.

„Verzeihung, woher haben Sie die?" Ich halte sie ihr unter die Nase, was sie lediglich mit einem Schulterzucken quittiert.

„Von der Tankstelle. Direkt um die Ecke. Da liegt ein ganzer Stapel davon." Sie gerät ins Stocken. „Aber ich bin doch richtig hier, oder?"

„Ja, ja. Ich bin Isabell Holzer und das ist meine Werkstatt, trotzdem …" Frau Rudolph lässt mich nicht ausreden, sondern legt eine Hand auf ihr Herz. „Na, dann ist es ja gut. Ich hatte für einen Augenblick die Befürchtung, ich müsste meinen Wagen noch woanders hinbringen. Obwohl ich glaube, dass der arme Kerl den Weg nicht mehr schafft."

Eine Sorgenfalte zeigt sich auf ihrer Stirn.

Ich winke ab. „Nein, Sie brauchen nirgendwo anders hin. Hier sind Sie goldrichtig. Und Sie haben recht. Mit dem Auto sollten Sie nicht mehr so weit fahren."

„Das habe ich geahnt." Frau Rudolph stöhnt leise. „Er stinkt zum Himmel und dieser Auspuffqualm ist bestimmt nicht normal. Was meinen Sie? Ist es sehr schlimm?"

Ich sehe keinen Sinn darin, sie anzulügen. „In Fachkreisen nennt man es wohl kaputt."

Beruhigend lege ich meine Hand auf ihren Oberarm. „Wie schlimm es ist, sage ich Ihnen noch. Vielleicht haben Sie Glück und der Zylinderkopf ist noch nicht verloren."

Mein Telefon klingelt und ich entschuldige mich kurz von meiner ersten Von-Frau-zu-Frau-Kundin, noch immer völlig überrannt von der Tatsache, dass kleine Visitenkärtchen mit diesem Werbeslogan unter der Menschheit verteilt werden.

Kopfschüttelnd nehme ich den Hörer von meinem altmodischen Schnurtelefon, welches der Werkstatt vorbehalten ist und an der Wand hängt.

„Holzer."

„Frau Holzer, hier spricht Susanne Köhler. Ich habe Ihre Nummer von einer Freundin. Entschuldigen Sie, mein Auto müsste in die Inspektion. Hätten Sie vielleicht noch einen Termin frei?"

Jetzt muss ich mich erst mal hinsetzen. In Ermangelung eines Stuhls nehme ich den Boden.

„Frau Holzer? Sind Sie noch dran?"

Ich räuspere mich. „Ja, selbstverständlich. Entschuldigen Sie. Kommen Sie einfach vorbei. Das ist kein Problem."

„Oh, super. Dann komme ich direkt morgen früh."

„Gern. Bis morgen dann."

Noch ehe ich mich von der Tatsache erholen kann, dass ich anscheinend einen Terminkalender benötige, klingelt es erneut.

Ich stecke mitten in einem Traum fest.

Kurz ziehe ich mir selbst an den Haaren, zwicke in meinen Arm, aber es bleibt dabei. Direkt vor mir steht ein Golf, der offensichtlich dringend eine neue Zylinderkopfdichtung benötigt, und ich habe tatsächlich Termine zu vergeben.

An Frauen.

Mit Autos.

Ich klatsche in die Hände und beginne zu jauchzen, schlage mir sofort die Hand vor den Mund, als mir bewusst wird, dass man mich hören könnte. Leise in mich hinein lachend, mache ich mich wieder auf den Weg zu Frau Rudolph und ihrem Golf.

~oOo~

Niklas presst sich den Kühlakku auf sein malträtiertes Auge und verzieht das Gesicht.

Scheiße, der kleine Zimmermann hat wirklich einen verdammt harten rechten Haken.

Ein Blick in den Spiegel verrät ihm das ganze Ausmaß dieser kleinen Handgreiflichkeit.

Sein Augenlid nimmt langsam eine dunklere Farbe an, schimmert bereits in einem kräftigen Violettblau. Seine Lippe ist auch noch ein wenig geschwollen.

Nur gut, dass seine Nase nicht gebrochen ist.

Was man von Martins nicht sagen kann. Er hat geblutet wie ein abgestochenes Schwein, nachdem Niklas dessen freundliche Begrüßung erwidert hat.

Er grinst sich selbst entgegen, belässt es dann sofort dabei, als der stechende Schmerz sich über sein komplettes Gesicht zu ziehen droht.

Wann hat er sich zum letzten Mal geprügelt? Das muss während seiner Schulzeit gewesen sein. Dafür hat er sich eigentlich ganz gut gehalten.

Findet er jedenfalls.

Als er Martins Büro betreten hat, hat dieser gar nicht erst gefragt, weshalb Niklas überhaupt gekommen ist.

Nein, Martin Zimmermann hat sofort ausgeholt und ihm das Veilchen verpasst.

Im Nachhinein bleibt dann wohl zu sagen, dass es ein sehr fruchtbares Aufeinandertreffen war.

Nachdem die erste Wut verraucht war, die eine oder andere Erklärung gefolgt ist, waren sie sich ziemlich schnell einig, dass etwas passieren muss, um Isabell irgendwie aus diesem finanziellen Sumpf zu ziehen.

Und diesen Jäger ins Aus zu katapultieren.

Denn auch hier waren sich beide sofort einig.

Der Typ sollte auf gar keinen Fall weiter Darlehensverträge bearbeiten.

Und beide kamen in dem Punkt überein, dass Isabell aus Prinzip keine Hilfe angenommen hätte.

Weder von Martin und von Niklas schon mal überhaupt nicht.

Also mussten sie selbst die Initiative ergreifen.

Ohne Isabell vorher um Erlaubnis zu bitten.

Insofern lag er ganz richtig mit seiner Entscheidung, Martin mit ins Boot zu holen.

Auch wenn ihn das jetzt ein blaues Auge beschert hat.

Das war die Sache wert.

Zu gern wäre er dabei, wenn sie das erste Mal eine ihrer eigenen Werbekärtchen in den Händen hält.

Er ist selbst überrascht, wie schnell die Druckerei die Dinger fertig hatte. Und verteilt waren sie mindestens genauso schnell.

In der Zwischenzeit müssten die ersten Reaktionen durchaus spürbar sein.

Er würde sich ja selbst auf die Schulter klopfen, könnte er den Triumph genießen.

Die Tatsache, dass er noch immer nicht mit ihr gesprochen hat, dass sie sich ständig verleugnen lässt, nicht an ihr Telefon geht, trübt seine Freude über den zu erwartenden Erfolg dieser kleinen und für Isabell durchaus erfolgversprechenden Aktion.

Heute jedoch lässt er sich nicht mehr abwimmeln. Seine Zurückhaltung hat ein Ende.

Fräulein Holzer wird ihr blaues Wunder erleben. Denn wo sollte sie spätabends sein, außer zu Hause in ihrem Bett.

Und genau dort, gedenkt er sie anzutreffen.

Gleich.

In spätestens einer Stunde.

Ein warmer Schauer rieselt über seine Wirbelsäule. Alleine der Gedanke an eine verschlafene Isabell, die gar keine andere Wahl hat, als in seinen Armen zu landen, jagt ihm Vorfreude durch die Blutbahn.

Niklas nimmt die Sonnenbrille aus dem Etui und schiebt sie auf die Nase.

Gut, das wird vielleicht gehen.

~oOo~

Ich versuche bereits seit einer gefühlten Ewigkeit, Martin anzurufen. Er ist einfach nicht zu erreichen.

Nur er kann hinter dieser Von-Frau-zu-Frau-Geschichte stecken. Den ganzen lieben langen Tag über hatte ich wirklich alle Hände voll zu tun und ausgerechnet heute war Karl nicht hier.

Aber wer bin ich, dass ich mich über zu viel Arbeit beschwere.

Und obwohl die Werkstatt bereits geschlossen ist, steht das Telefon nicht still. Ich habe einfach den Anrufbeantworter aus dem Haus zweckentfremdet, damit meine wundervollen neuen Freundinnen all ihre kleinen Sorgen meinem mechanischen Stellvertreter anvertrauen können.

Ich werde morgen Oma bitten, mit allen einen Termin zu vereinbaren.

Ich kann es immer noch nicht glauben, dass das alles wirklich passiert.

Der arme Herr Jäger muss sich wohl ein anderes Revier zum Jagen suchen. Und Christina Zimmermann kann mir ebenfalls gepflegt den Buckel runterrutschen.

Sofort spüre ich wieder den Stein auf meiner Brust, der mir das Atmen erschwert.

Niklas.

Wie gern würde ich ihm von all diesem hier erzählen. Es mit ihm teilen.

Wahrscheinlich rekelt er sich gerade mit Christina Zimmermann in den Laken.

Ich zwinkere die Träne aus dem Augenwinkel.

Vorbei ist vorbei, Isabell Holzer. Konzentriere dich auf die Dinge, die vor dir liegen.

Mittlerweile wähle ich zum gefühlten 100sten Mal Martins Nummer.

Meine Finger klopfen ungeduldig auf den Tisch vor mir.

Ich könnte vielleicht mal zur Maniküre gehen.

Mein Daumennagel hat schon bessere Tage gesehen und der Rest ist eher bescheiden gefeilt zu nennen.

Na herrlich. Wo sich Herr Zimmermann nur wieder rumtreibt. Wahrscheinlich in irgendeinem Klub mit irgendeiner Blondine.

Enttäuscht unterbreche ich sein Mailboxgequatsche und laufe hibbelig in meinem Zimmer auf und ab.

Ich sollte hundemüde sein, doch die Endorphine jagen noch immer durch meinen Körper, lassen mich fühlen, als stünde ich unter Aufputschmitteln.

Erst jetzt bemerke ich das Hungergefühl. Ich hatte tatsächlich heute noch keine Zeit zum Essen.

Vielleicht hat Oma ja noch eine Kleinigkeit auf dem Herd stehen.

Also tapse ich barfuß und nur im Schlafshirt die Treppe hinunter.

Flüstern erklingt aus der Küche.

„Oma? Hast du Besuch?" Ich warte einen kleinen Augenblick, bereit, die Treppe wieder hochzulaufen.

Meine Lust, in diesem Outfit jemandem zu begegnen, ist nämlich eher verschwindend gering.

Meine Haare stehen mir sicherlich auch zu Berge.
Anstatt mir zu antworten, erscheint sie höchstselbst am Fuße der Treppe, lächelt mich an und schüttelt den Kopf.

„Nein, aber du." Damit greift sie nach meiner Hand, zieht mich in Richtung Küche.

„Oma! Ich bin nicht angezogen!" Widerstrebend zappele ich hinter ihr her, sie lacht nur leise.

„Ich gehe davon aus, der junge Mann kennt dich in diesem Aufzug. Also stelle dich gefälligst nicht so an." Sie klopft mir auf den Po, schiebt mich in die Küche und verschwindet.

Ich vergesse vier, fünf Herzschläge lang zu atmen.

Niklas sitzt auf der Eckbank, eine Tasse Kakao und eine Sonnenbrille vor sich auf dem Tisch.

Seine Lippen zu einem schmalen Strich zusammengepresst blickt er erwartungsvoll zu mir auf.

Zu keiner Reaktion fähig starre ich ihn einfach an. Spüre das wilde Klopfen meines Herzens und überlege, in welches Seniorenheim meine Großmutter nunmehr gedenkt umzuziehen.

Denn hier ist eindeutig kein Platz für Verräter.

„Was willst du hier?" Mit kerzengeradem Rücken verschränke ich die Arme vor der Brust.

Verflucht, was mache ich nur jetzt?

„Ich möchte mit dir reden."

Mir fällt der hübsche Bluterguss auf, der sein Gesicht schmückt.

Wer immer ihm das verpasst hat, eigentlich wäre es mein Job gewesen.

Ich unterbinde den Drang, es zu berühren. Mich zu vergewissern, dass es ihm gut geht.

Obwohl ... dann könnte man vielleicht noch mal ein Veilchen daneben setzen. Er hat ja immerhin zwei Augen ...

„Und dir ist nicht in den Sinn gekommen, dass ich kein Interesse habe an einer Unterredung mit dir?"

Er macht Anstalten, sich von der Bank zu erheben. Mein Zeigefinger schnellt nach vorne, hindert ihn daran.

„Komm mir nicht zu nahe."

Auf gar keinen Fall. Mit ein wenig Feingefühl hat er meine Fassade schnell durchschaut.

Wie bröckelig die Mauer ist, die zwischen uns steht.

Just in diesem Moment wird mir klar, wie sehr ich ihn vermisst habe.

Erneut beginnen meine Nasenflügel zu beben.

Für kein Geld der Welt werde ich klein beigeben.

Meine Gefühle vor ihm breittreten.

Er hat mich für seine Zwecke benutzt. Und hintergangen.

Meine Knie beginnen zu zittern, ein Schweißfilm benetzt meinen Nacken und ich wünschte, ich könnte mich hinsetzen.

Stattdessen lehne ich mich mit dem Rücken gegen die Arbeitsplatte, bringe noch mehr Distanz zwischen uns.

Atme tief und ruhig.

Oder sagen wir besser - ich bemühe mich, es zu tun.

„Bitte, Isabell." In einer hilflosen Geste kratzt er sich über den Hinterkopf. „Du musst mir endlich zuhören."

„Einen Scheiß muss ich. Und du wirst jetzt gehen."

„Nein. Ich werde hier sitzen bleiben. Die ganze verfluchte Nacht."

Sein Blick bohrt sich förmlich in mein Gesicht, die Entschlossenheit in seinen Augen lässt mich erschaudern. „Und da wir beide nun mal hier sind, kannst du genauso gut dort stehenbleiben, während ich rede. Meine Geduld mit dir ist zu Ende und ich habe keine Lust mehr, wie ein kleiner Junge um Vergebung zu betteln. Wohlgemerkt ... es gibt nichts, was du mir vergeben müsstet."

Da ist er ja wieder. Dieser snobistische, elende Dreckskerl. So fällt es mir doch gleich viel leichter, ihn widerlich zu finden.

„Ach nein? Nichts? So wirklich gar nichts?" Ich stoße mich von der Arbeitsplatte ab. „*Isabell, was ich dir noch sagen wollte ... Ich arbeite auch für die Bank, die dich finanziert. Zimmermann Immobilien ist ein sehr guter Geschäftspartner und sie haben*

Verwendung für dein Zuhause. Ich erstelle mal ein Gutachten, wenn es dich nicht stört. Wie passend, dass ich dich schon flachgelegt habe. Ach ja, ehe ich es vergesse … Christina Zimmermann wärmt mir ebenfalls mein Bett. Das ist ja nicht weiter tragisch, oder? – Wann dachtest du, wäre die richtige Zeit, mir das zu verraten?"

Oh Freund, ich bin auf hundertachtzig.

Niklas stutzt kurz, dann funkeln seine Augen mich an. „Das ist es? Du glaubst tatsächlich, ich hätte mit Christina gemeinsame Sache gemacht?"

„Ich glaube es nicht nur. Sie war so freundlich, es mir gegenüber zu erwähnen, nachdem es dir irgendwie durchgegangen ist."

„Ich hatte keine Ahnung, dass Christina hinter deinem Rücken geplant hat, an die Werkstatt zu kommen. Und schon gar nicht von der Rolle, die ich dabei übernehmen sollte. Glaubst du, ich hätte tatsächlich so etwas klammheimlich initiiert? Traust du mir das wirklich zu?"

Resigniert sehe ich an ihm vorbei. „Ich kenne dich doch eigentlich gar nicht. Alles, was ich weiß, ist, dass ihr euch ein Bürogebäude teilt. Ein fragwürdiger Zufall. Du bist Architekt, erstellst diese bescheuerten Gutachten, die Christina für sich nutzt. Noch mehr Zufall." Ich mache einen zornigen Schritt auf ihn zu. „Was, deiner Meinung nach, soll ich denn glauben? Es geht hier um meine Existenz!"

Da ist noch etwas, das mir auf der Seele brennt.

„Wahrscheinlich hat sie dir vor lauter Glück, dass du mich gevögelt hast, das Veilchen verpasst." Ich schnaube und drehe mich zur Seite, damit er die Tränen in meinen Augen nicht glitzern sieht.

„Nein, das habe ich Martin zu verdanken."

Mein Kopf schnellt zurück. Ungläubig betrachte ich den bläulich schimmernden Bluterguss. „Martin?"

Er nutzt meine kurzzeitige Irritation aus, stellt sich vor mich.

Ein Hauch seines Aftershaves gerät in meine Nase, weckt Erinnerungen, die ein sehnsuchtsvolles Flirren durch meinen Körper jagen.

MistMistMist!

Seine Fingerspitzen berühren meine nackten Oberarme.

Ich versteife mich unverzüglich ob dieser unerwünschten Nähe.

Nach der ich mich gleichzeitig so sehr verzehre, dass mein Herz droht zu zerspringen.

„Bitte Isabell." Ein Flüstern. Honigsüß. Federleicht. Hauchzart.

„Niemals würde ich dich so hintergehen. Niemals! Glaubst du wirklich, ich hätte dich ansonsten in mein Büro gebracht? Und ich halte dich auch nicht für so dumm, dass ich dir nicht zugetraut hätte, die Zusammenhänge zu erkennen. Wäre denn etwas dran an deiner Vermutung, ich mache mit Christina gemeinsame Sache." Er zieht mich verzweifelt an sich. Ich schließe die Augen. „Hast du das gehört? Und ganz egal, was auch immer zwischen Christina und mir gewesen ist … es hat nichts zu bedeuten. Hatte es nie."

Jetzt kullern mir diese lausigen Verräter unter meinen geschlossenen Lidern die Wangen hinunter.

„Du gibst es also zu." Ein Keuchen löst sich aus meiner Kehle.

„Es gibt nichts zuzugeben. Das war lange, bevor ich dich kennengelernt habe. Und beschränkt sich auf ein einziges Mal."

Mein Kinn fällt auf seine Brust und mit einem einzigen Beben bricht alles aus mir heraus. Ich kann es nicht aufhalten, will es gar nicht. All die Verzweiflung der letzten Tage sucht einen Weg aus mir heraus und landet nunmehr auf seinem Hemd.

Und Niklas?

Steht einfach da. Hält mich. Murmelt sinnentleerte Worte in meinen Scheitel.

Oh Gott, ich habe ihn so schrecklich vermisst.

Irgendwann gelingt es mir, halbwegs zu mir zu kommen. Schiebe Niklas ein wenig von mir, ziehe die Nase hoch, wische mir über das Gesicht und versuche, Ordnung in meine Haare zu bekommen.

Er hebt mein Kinn mit seinem Zeigefinger, studiert mein Gesicht. „Glaubst du mir endlich? Verdammt, Isabell, das war die härteste Woche meines Lebens. Ich habe dir bereits auf dem Parkplatz vor meinem Büro versichert, dass Christina dir nicht im Entferntesten gefährlich werden kann."

„Da wusste ich auch noch nicht, dass ihr beiden bereits eine Vergangenheit habt." Ein Nachschluchzen erfasst mich. „Und du hast es erst gar nicht erwähnt. Nicht mit einem verfluchten Wort. Verstehst du das, Niklas? Ich war so durcheinander. Der dubiose Kaufinteressent für mein Zuhause, Christinas Büro unter deinem. Herr Jäger, der mir plötzlich das Messer an die Kehle hält, einen Rückruf von dir erwartete."

Noch immer kullern vereinzelte Tränen über meine Nase. „Und dann ihre Bemerkung, dass du zu ihr gehörst … als sie es mir voller Genugtuung unter die Nase gerieben hat, da passte alles so herrlich zusammen. Ein Puzzleteil fügte sich in das nächste."

Jetzt bemerke ich selbst, wie absolut nichtssagend ihre Aussage war, er würde ihr bereits gehören.

Dass man ihn nicht unnötig in Versuchung führen sollte - das alles war nur der allerletzte Versuch, einen Keil zwischen Niklas und mich zu treiben, der ihr immer mehr entglitt.

Weil er eben mit mir zusammen war.

Und das ist ihr vortrefflich gelungen.

Ich presse meine Faust gegen die Lippen und suche seinen Blick.

Seine wunderschönen graugrünen Augen verfangen sich mit den meinen, wärmen mich von innen und die Welt um uns herum bleibt einfach stehen.

Ich schlucke hart an dem Kloß in meiner Kehle vorbei. „Oh Gott, es tut mir leid. Niklas, ich war so eine dumme Gans."

Kopfschüttelnd umfasse ich sein Gesicht, ziehe ihn zu mir hinunter, damit ich ihn küssen kann.

Endlich.

Kapitel 31

Niemals war ein Frühstück schmackhafter, die Tischunterhaltung gelöster als an diesem Morgen.

Niklas ist gestern natürlich nicht nach Hause gefahren.

Es war das erste Mal in der Geschichte einer Isabell Holzer, dass der Herrenbesuch tatsächlich über Nacht geblieben ist.

Wenn es auch eine äußerst kurze Nacht war.

Und man von Ruhe überhaupt nicht sprechen kann.

Mein Gesicht wird ganz heiß bei der Erinnerung daran, was Niklas alles mit mir angestellt hat.

Nachdem er mir die ganze Von-Frau-zu-Frau-Geschichte gebeichtet hat.

Noch immer bin ich fassungslos, dass Martin für diese mittlerweile blau-lila Verfärbung in Niklas' Gesicht verantwortlich ist.

Wer hätte das gedacht, dass sich mal zwei Männer um meine Ehre prügeln würden? Wahnsinn!

Ich bin glücklich.

Zerschneide bereits meinen vierten Pfannkuchen, der - vom Sirup getränkt - förmlich auf meinem Teller schwimmt. Meine Oma strahlt über ihr gesamtes, runzeliges Gesicht und ich bin mit mir übereingekommen, dass sie doch noch nicht ausziehen muss.

Wenn sie beginnt, großmütterlich klugzuscheißen, überlege ich es mir noch mal.

Bei den ersten Silben von einem *Siehst du Kind, ich hab's dir gleich gesagt* – oder einem *Ich hätte mich schon sehr in Niklas täuschen müssen* … hole ich das Kofferset aus dem Keller.

Na ja, vielleicht nehme ich sie auch nur in die Arme und küsse sie, bis ihr schwindelig wird.

Für den Moment begnügt sie sich damit, Niklas einen fünften Pfannkuchen zu backen und gut gelaunt vor sich hin zu summen.

Ein kleiner Tumult vor der Haustür fordert meine Aufmerksamkeit und ich lege mein Besteck kurz zur Seite.

Niklas wirft mir einen fragenden Blick über den Tisch hinweg zu und ich löse meine nackten Füße, die ich zwischen seine Unterschenkel geschoben habe, um sie zu wärmen.

„Kann das sein …?"

Das Geschrei aus dem Hof wird immer lauter und ich schiebe die kleine Gardine am Fenster ein wenig zur Seite, um besser sehen zu können, wer meine heimelige Atmosphäre derart stört.

Nur um unverzüglich in ein grenzenloses Kichern überzugehen.

Martin ist mit niemand anderem als Niklas' Cousine Klara aneinandergeraten.

Kurz überlege ich, ob ich mich zu erkennen geben soll, allerdings ist es von hier aus viel lustiger, wie mir scheint.

Zumal man jedes Wort ihrer getauschten Nettigkeiten hören kann.

Leise geht eindeutig anders.

„Sie sind der unverschämteste Kerl, der mir jemals begegnet ist. Niklas hätte ihnen mehr als nur die Nase brechen sollen."

„Jetzt ist es aber genug, Sie Gewitterziege. Hier ist genügend Platz für mindestens zehn Autos. Woher hätte ich denn wissen sollen, dass Sie sich ausgerechnet meinen Parklatz ausgesucht haben, um Ihre Schrottlaube abzustellen?"

„Halten Sie lieber Ihre Klappe, sonst hau ich Ihnen gleich noch eine rein. So ein arrogantes Arschloch ist mir ja selten untergekommen."

Niklas steht hinter mir, legt die Arme um meine Mitte und genießt die Aussicht.

„Klara hatte ich ganz vergessen. Ich wollte mich bei ihr melden. Bescheid geben, ob du dich beruhigt hast."

„Ob ich mich beruhigt habe?" Mein Ellbogen landet in seiner Magengrube. Er zuckt zusammen, fängt lachend meinen Arm ab.

„Du warst nicht sonderlich kooperativ. Klara möchte sich bestimmt nur vergewissern, dass ich noch lebe."

„Mal sehen, was sich machen lässt. Ich möchte sie ungern enttäuschen."

„Wenn du hierauf in Zukunft verzichten kannst … nur zu." Er küsst meinen Hals und ich recke mich ihm lächelnd entgegen, damit er ihn besser erreichen kann.

„Und dann trifft sie ausgerechnet auf Martin." Schnurrend beiße ich auf meine Unterlippe. Ich könnte den ganzen Tag hier stehen, mich von Niklas anknabbern lassen. Und das süße Paar hinter der Tür dabei beobachten, wie es sich gegenseitig in Fetzen reißt.

„Klara ist ziemlich hübsch, findest du nicht?" Ich lehne mich gegen seine Brust, mein Grinsen vertieft sich.

„Mhh, das stimmt. Doch sie hat Haare auf den Zähnen."

„Och, ich denke, das steht ihr ausgesprochen gut." Mein Ohrläppchen zwischen seinen Zähnen, lege ich meine Hände auf seine Hüften, reibe meinen Po an ihm.

Er keucht leise auf, ehe er auf meinen Hinweis eingeht. „Ich bin mir nur nicht sicher, ob Martin diese Art von Fraulichkeit gefällt."

„Er weiß manchmal nicht, was ihm gefällt. Vielleicht sollten wir sie hereinbitten. Pfannkuchen sind bestimmt noch genügend da und ich würde den beiden gerne noch ein wenig beim Gallespucken zuhören." Ich drehe mich in seine Arme, kraule seinen Nacken.

„Aber vielleicht sollten wir sie einfach ihrem Schicksal überlassen. Irgendwie scheinen sie sich ganz gut zu verstehen." Er küsst mich zärtlich. „Und wir zwei gehen noch mal nach oben, Kratzbürste."

Ich lächle auf seinen Mund und schüttele den Kopf. „Nein, das hier ist viel zu lustig. Und nach oben können wir immer noch gehen. Später."

Damit öffne ich die Haustüre.

Freudestrahlend und so unglaublich überrascht von diesem unerwarteten Besuch.

Niklas liegt auf dem Rücken.

Satt und zufrieden lässt er sich die Sonne auf den Bauch scheinen. Einen langen Grashalm im Mundwinkel, die Augen geschlossen.

Der geplünderte Picknickkorb dient höchstens noch als Insektenbüfett, der geöffnete Wein ist mittlerweile warm.

Es gibt wirklich niemanden auf der Welt, mit dem er jetzt tauschen würde.

Ein Lächeln liegt auf seinen Lippen, als Isabell sich träge in seinen Arm kuschelt. Ihre Locken seine Haut kitzeln.

Nein. Sein Glück ist perfekt.

Eine turbulente Zeit liegt hinter ihnen.

Die Umstrukturierung der Werkstatt, seine persönliche Auseinandersetzung mit Zimmermann Immobilien.

Die Umfinanzierung der Darlehensverträge.

Ohne Herrn Jägers Unterstützung.

Denn der gute Mann sitzt höchstwahrscheinlich irgendwo auf dem Land, hinter einen Geldschalter degradiert. Das Wort eines Zimmermanns hat Gewicht und wenn man eines Martin nicht nachsagen kann, dann, dass er halbe Sachen macht.

Herr Jäger hat also die Konsequenzen aus seiner Indiskretion zu tragen und Niklas hat die Konsequenz gezogen und jegliche Geschäftsbeziehung zu Christina Zimmermann unterbunden.

Sein Partner hat mit Unverständnis reagiert und für eine Zeitspanne von wenigen Monaten sah es nicht so aus, als könnte sich Niklas von diesem für ihn durchaus gravierenden Schritt erholen.

Wie bereits erwähnt; der Name Zimmermann hat Gewicht.

Christina Zimmermann macht da keine Ausnahme.

Allerdings ist auch Niklas Baringhaus bereits ein Name, auf den seine Kunden zählen. Ein guter Leumund und die richtigen Kontakte zur richtigen Zeit haben dem Architekturbüro wieder den notwendigen Aufwind gegeben.

Christina hat Gott sei Dank das Interesse an Niklas verloren. Auf einer der letzten Partys hatte sie endlich ein neues Opfer am Arm.

Aber Isabell hat im Vorfeld bereits durchaus eindrucksvoll klar gemacht, wer hier zu wem gehört. In den ersten Wochen konnte man die launisch verzogene Miene von Martins Schwester schwerlich ignorieren.

Er muss noch immer lachen, wenn er an all die Küsse und Berührungen denkt, mit denen Isabell ihn markiert hat. Nur für den Fall, dass Christina es wagen sollte, einen Blick auf ihn zu riskieren.

Mit Martin hat er sich arrangiert. Er ist der beste Freund seiner Freundin, ihm bleibt gar nichts anderes übrig.

Was ihm jedoch Bauchschmerzen bereitet, ist die Tatsache, dass da irgendwas zwischen Klara und ihm zu laufen scheint.

Er hat keinen konkreten Hinweis. Mehr ein nagendes Gefühl im Bauchraum und eine genierlich anmutende Cousine, die zum Telefonieren das Zimmer verlässt.

Da ist was im Busch.

Darüber ist jedoch noch nicht das letzte Wort gesprochen. Aber darum kümmert er sich später.

Niklas Hand krault durch Isabells braune Haarflut.

Das seidige Gefühl zwischen seinen Fingern, das er so liebt.

Die wohligen Laute, die sie von sich gibt, wenn er sie berührt.

Dabei spielt es auch keine Rolle, an welcher Stelle.

Er stützt sich auf einen Unterarm, betrachtet ihre entspannten Gesichtszüge.

Es erfüllt ihn mit Stolz, zu wissen, dass diese Frau, die er selbst so abgöttisch liebt, ihm gehört.

Jetzt.

Wenn es nach ihm ginge, für immer.

Aber der richtige Moment, um die Frage aller Fragen zu stellen, ist noch nicht gekommen. Auch, wenn er schon über ihn nachdenkt.

Mit dem Daumen zeichnet er die feine Linie ihrer Augenbrauen nach, wandert über das Nasenbein, folgt ihren warmen roten Lippen, die er sekundenspäter zart küsst. „Geht es dir gut?"

„Es ging mir nie besser. Hör nicht auf damit." Ihre Lider noch immer geschlossen, schiebt sie ihm ihr Gesicht deutlicher unter die Finger.

„Du hättest wirklich Katze werden sollen."

„Im nächsten Leben. In diesem gebe ich mich durchaus mit deinen Streicheleinheiten zufrieden."

„Bitte ausschließlich mit meinen, Kratzbürste." Mit einem langen Halm kitzelt er ihren Nasenflügel. Sie schnappt nach seiner Hand, blinzelt ihn an. „Idiot. Küss mich lieber noch mal."

Diesen Wunsch erfüllt ihr Niklas nur zu gern.

Nein. Er möchte wirklich mit niemandem tauschen!

ENDE

Danke

an Euch, die ihr meine Bücher lest. Ohne Euch würde die ganze Schreiberei keinen richtigen Sinn machen.

Toll, dass es euch gibt! Und wenn Ihr Spaß hattet, dann hat sich gleich doppelt gelohnt.

Wie immer dürft Ihr mich kritisieren, gerne auch loben unter

Nicoles.valentin@aol.de

Alle Mails werden selbstverständlich von mir beantwortet.

Hat Euch *von Autos und Prinzen* gefallen, freue ich mich über eine positive Rezension, denn damit helft Ihr auch den Unentschlossenen, sich für mein Buch zu entscheiden.

Und sollte *von Autos und Prinzen* das erste Buch von mir gewesen sein, welches Ihr gelesen habt, so schaut Euch doch auch die weiteren Veröffentlichungen an.

Ich hoffe, wir lesen uns wieder!

Eure

Nicole S. Valentin

Trotzdem irgendwie verliebt

PROLOG

Immer wieder werfe ich einen Blick auf meine Uhr. Ich hasse es, irgendwo zu sitzen und zu warten. Dabei habe ich eigentlich vor, mit meiner besten Freundin anzustoßen.

Auf meinen neuen Job in Hamburg.

Das ist mal wieder so eine unüberlegte Entscheidung in meinem Leben - hier alles abzubrechen und irgendwo anders neu anzufangen.

Nachdem meine Beziehung - oder nennen wir es dann doch wohl besser eine Affäre - zu meinem ehemaligen Chef sich als tiefer Griff ins Klo erwiesen hat, habe ich mich aus einer Laune heraus auf die Ausschreibung einer großen Eventagentur in Hamburg beworben.

Und diese Agentur hat sich tatsächlich für mich entschieden.

Mein altes Leben werde ich also hierlassen, ebenso wie meinen alten Job und den dazugehörigen Chef. Der so viel mehr für mich war als eben nur mein Chef.

Ich bin oder zum jetzigen Zeitpunkt dann wohl doch eher - ich war - in ihn verliebt und entsprechend verblendet, sodass ich mir eingebildet habe, er würde für mich das Gleiche empfinden.

Doch mittlerweile wehre ich mich gegen dieses Gefühl der Zuneigung, wenn ich an ihn denke. Gegen diese Sehnsucht nach ihm, die mich noch immer heimtückisch überkommt.

Tim Neuhaus, groß, gut aussehend, Anfang 30 hat mich tatsächlich davon überzeugen können, dass er genau der Richtige für mich ist. Er hat die Werbeagentur, in der ich arbeite - beziehungsweise in der ich bis vor Kurzem gearbeitet habe - inklusive Gesamtbelegschaft vor einiger Zeit übernommen und letzten Endes habe ich ihn auch in mein Leben gelassen. Und das trotz der Tatsache, dass er mein neuer Vorgesetzter gewesen ist. Und er hat sich einiges einfallen lassen, um dahin zu kommen.

All diese salbungsvollen Worte - ich denke, jede Frau hat sie schon mal gehört ... du bist das Beste, was mir je passiert ist ... was habe ich nur all die Jahre ohne dich gemacht, blablabla. Und ich war hin und weg. Der Kerl wollte mich! Mich! Pia Sommer. Gestatten? 1,70 m große Durchschnittsbrünette.

Ich bin ehrlich, ich fühlte mich geschmeichelt. Wer würde das nicht, bitte? Ein absoluter Traummann bekundet Interesse! Und dann auch noch an mir!

Meine Mutter hat ja immerhin schon die Befürchtung, ich sterbe als alte Jungfer. Sie liegt mir ständig damit in den Ohren, dass alle weiblichen Familienmitglieder in meinem Alter mindestens schon verheiratet waren. Ein Enkelkind wäre die Krönung ihres Daseins, aber ein Schwiegersohn würde sie schon milde stimmen. Ich habe eine nette Mutter. Wirklich. Aber ich bin eben sehr wählerisch, was meine Männer angeht. Bis jetzt habe ich auch nie gedacht, dass ich tatsächlich naiv genug wäre, auf so eine Schmierenkomödie reinzufallen.

Im Gegenteil. Ich, die alle Männer sofort durchschaut. Die immer einen guten Rat hat für liebeskummergequälte Freundinnen - am Ende ist von der sonst so toughen Pia Sommer nichts mehr übrig. Ich habe mich tatsächlich Hals über Kopf in den Typen verliebt. Ich wollte ihn sogar als den Mann meiner Mutter vorstellen. Bis …, ja, bis zu dem Tag, an dem ich so frei war, an sein Handy zu gehen, um einen Anruf entgegenzunehmen.

Die weibliche Stimme am anderen Ende der Leitung bat mich, ihrem Mann doch bitte auszurichten, er möge Milch mitbringen, wenn er später nach Hause käme. Sie habe sie leider vergessen und würde es jetzt nicht mehr schaffen noch mal loszugehen.

Ich würde es ihm ausrichten, versprach ich in das Telefon und legte auf. Ich habe das Telefon minutenlang angestarrt und darüber nachgedacht, die Rückruftaste zu drücken, um mich lieber noch mal zu vergewissern, welche Milch genau sie denn meine. Kondensmilch, H-Milch, Frischmilch? Und ob sie nicht einen anderen Mann hätte, der ihr die Milch besorgen könne?! Mein Freund hätte heute irgendwie keine Zeit, er müsse ja schließlich meine Mutter noch kennenlernen.

Mein zweiter Gedanke war, dass sie sich bestimmt einfach nur verwählt hat. Immerhin hat es keinerlei Hinweise auf eine andere Frau gegeben.

Und doch fiel es mir wie Schuppen von den Augen. All die Abende, an denen ich ihn nicht erreichen konnte. Seine fadenscheinigen Ausreden, er habe sein Handy vergessen. All die nicht enden wollenden Meetings mit Kunden. Und übernachtet hatten wir bis dato immer bei mir. Das wäre so viel praktischer. Immerhin müsse er ständig länger arbeiten als ich.

Ich bin ja so ein Schaf, ein dummes verblendetes Schaf.

Alles, was ich bis dahin für zärtliche Zuneigung hielt, verwandelte sich augenblicklich in Enttäuschung, Verachtung und Wut – auf dieses Riesenarschloch. Wie hatte das alles nur passieren können? Kann man sich tatsächlich so in einem Mann irren? Und wie hatte er es geschafft, mich so an der Nase herumzuführen?

Er muss mir die Verachtung, Wut und Enttäuschung auch direkt angesehen haben. Genau in dem Moment, als er durch die Tür kam und sah, dass ich sein Handy in der Hand hielt.

Seine Gesichtsfarbe wechselte von gut gebräunt in ein verschämtes blass-bleich, sodass ihm wohl auch jedes erklärende Wort seinerseits völlig überflüssig erschien.

Ich habe mich immer für ein schlaues Mädchen gehalten, immer gedacht, dass mir ein Mann nichts vormachen kann.

Wahrscheinlich spielen schöne Worte doch eine größere Rolle im zwischenmenschlichen Bereich, als mir bis dahin bewusst war.

Ich beließ es dabei, drückte ihm sein Telefon in die Hand und ging.

Aus seiner Firma, seinem Leben.

Alles Weitere erledigte die Post. Von der Kündigung bis zum Arbeitszeugnis.

Und jetzt gehe ich auch noch aus seiner Stadt. Die ja eigentlich mehr meine Stadt ist. Aber gut … an solchen Kinkerlitzchen soll man sich nicht aufreiben.

Er hat es nicht verdient, dass ich ihm auch nur eine Träne nachweine.

Böse Zungen würden behaupten, ich laufe vor meinen Problemen davon. Tztz. Ich hätte keine Probleme, wenn dieser Idiot nicht so schamlos gelogen hätte. Mir wird schon übel, wenn ich darüber nachdenke, wie viel ich bereit war, in diese Beziehung zu investieren.

Ich meine, wenn man schon was mit seinem Chef anfängt, dann sollte das Hand und Fuß haben, oder nicht? Was soll man denn schließlich machen, wenn diese Beziehung dann doch nicht funktioniert?

Na, im Zweifel eben wegrennen.

Tja, um ehrlich zu mir zu sein - genau das tue ich hiermit dann wohl.

Jetzt sitze ich hier in dieser verdammten Bar, warte auf Tamara und während ich meinen zweiten Campari bestelle, bemerke ich ein Augenpaar auf mir ruhen. Ein wenig irritiert über die Durchdringlichkeit dieses Blickes schiele ich unauffällig in seine Richtung.

Und der Anblick nimmt mich sofort gefangen.

Wow. Lecker!

Er sieht verdammt gut aus. Dunkle Haare, nicht zu kurz geschnitten. Seine Gesichtszüge sind attraktiv, männlich. Fein geschnittene gerade Nase, sinnliche Lippen, kantiges Kinn.

Und seine Augen scheinen mich förmlich zu durchbohren. Um seinen Mund liegt ein arroganter Zug, als ob er es gewohnt wäre, immer und überall die erste Geige zu spielen. Sein Lächeln ist siegessicher, als ich seinem Blick begegne. Wie ein Jäger auf der Pirsch, dem das Wild vor die Flinte geraten ist.

Oha, anscheinend bin ich dann ja wohl das Wild.

Als die Bedienung mit meinem Campari an ihm vorbeiläuft, kann ich ihn dabei beobachten, wie er kurze Anweisungen gibt, um mich dann sofort wieder mit seinem umwerfenden Lächeln zu beglücken.

Und das hat er wirklich drauf.

Der Kellner steht vor meinem Tisch und unterrichtet mich darüber, dass der junge Mann zwei Tische weiter diesen Drink übernehmen wird.

Na, da schau her. Die Jagd ist eröffnet!

Ich bin mir nicht sicher, ob ich mich darüber freue, dass so ein heißer Typ offenkundig versucht mich anzugraben, oder ob ich genervt sein soll. Mein Bedarf an Testosteron ist wahrlich gedeckt.

Ich nehme mein Getränk dennoch entgegen und hebe es dankend in seine Richtung. Für den Moment beschließe ich, dass mir die Aufmerksamkeit gefällt, die er mir schenkt. Was auch immer er sich sonst verspricht, sei erst mal in den Raum gestellt.

Zumal gerade in diesem Moment Tamara die Bar betritt und sich einen Weg zu meinem Tisch bahnt. Fast wehmütig richte ich meine Aufmerksamkeit auf die junge blonde Frau mit den viel zu langen Haaren und dem definitiv zu kurzen Rock, die ich schon so bald verlassen werde.

„Entschuldige, meine Süße, aber ich musste so lange auf Daniel warten, damit er die Kinder entgegennimmt. Ab jetzt bin ich voll und ganz die deine!"

Sie nimmt einen großzügigen Schluck aus meinem spendierten Drink und lässt sich auf den Stuhl mir gegenüber fallen. Ich grinse sie an, während sie versucht, ihren dabei noch höher gerutschten Rock in die richtige Position zu rücken.

„Nicht weiter schlimm. Ich habe bereits eine nette Bekanntschaft gemacht." Mit einem Kopfnicken deute ich in Richtung meines sehr gut aussehenden Verehrers, gespannt auf ihre Reaktion.

Ihr Blick folgt meiner Geste. „Welchen meinst du? Den scharfen Blonden oder den heißen Dunkelhaarigen?" Sie hebt anerkennend die Augenbrauen und schürzt die Lippen.

„Den Blonden habe ich noch gar nicht gesehen!" Überrascht drehe ich mich wieder in die Richtung besagter Herren. Beide Jungs sehen zu uns herüber und unterhalten sich. Ich kann sie nicht verstehen, könnte aber darauf wetten, dass Tamara und ich das Thema des Tisches sind.

„Der verdammt heiß aussehende Typ mit den dunklen Haaren hat mir den Campari ausgegeben, den du soeben in einem Zug fast vernichtet hast, meine Liebe."

Ich drehe mich wieder weg. Arroganten Kerlen muss man nicht auch noch das Ego streicheln, indem man sie in ihrer Selbstgefälligkeit bestätigt.

Obwohl diese beiden es sich durchaus erlauben können. Sie sind beide in etwa Mitte 30, sehen ausgesprochen sportlich aus, mit ihren Anzügen vielleicht ein wenig overdressed für diese Bar, aber das tut ihrem Reiz keinen Abbruch. Beide scheinen sich ihrer Wirkung auf Frauen durchaus bewusst zu sein.

Wirklich, und das absolut zu Recht!

Tamara schenkt mir wieder ihre Aufmerksamkeit. „Na, vielleicht solltest du die Gelegenheit beim Schopfe packen, Süße. Nimm ihn dir und lecke deine Wunden." Sie wirft mir dieses mütterlich verständnisvolle Lächeln zu und genehmigt sich einen weiteren Schluck aus meinem Glas.

Mir bleibt die Spucke weg. Hat sie mir gerade dazu geraten, den heißen Feger mit zu mir nach Hause zu nehmen? Meine konservative Freundin, die ihren ersten Liebhaber direkt geheiratet hat?!

Ob sie Fieber hat?

„Tamara, ich wäre schockiert, wärest du nicht meine beste Freundin!"

Gespielt brüskiert fächere ich mir mit der Hand Luft in mein Gesicht. Wirklich, alleine der Gedanke … Das könnte ich nicht!

Tamara fängt an zu lachen: „Nein, Pia, das ist mein völliger Ernst."

Um ihren Worten Nachdruck zu verleihen, fängt sie meine fächernde Hand aus der Luft, drückt sie und verhindert meine hektische Auf-und-ab-Bewegung.

„Hör auf mich, meine Süße. Tim hat dich verletzt. Nimm dir den hübschen Jungen und benutz ihn für deine Zwecke. Nichts ist heilsamer als egoistischer Sex mit einem gut aussehenden Typen, den du danach nie wiedersehen musst!"

Sie sieht mir fest in die Augen und mein Herz geht über vor Liebe zu ihr.

Meine liebe, süße Tamara! Ich würde sie auf der Stelle heiraten, wenn sie noch zu haben wäre.

„Tami, ich kann ihn doch nicht einfach mit nach Hause nehmen! So süß er auch ist, aber ich kenne ihn doch überhaupt nicht. Wer weiß, welche Vorlieben er hat. Hinterher steht er noch auf Fesselspielchen oder so etwas."

Ich bemerke, wie mein Blick wieder in Richtung meines sexy Jägers abschweift.

„Vielleicht ist er ja auch schon vergeben." Ich schüttle meinen Kopf. Aber der Gedanke hat sich bereits festgesetzt. Einfach mal einen Kerl abschleppen? Ob ich dazu überhaupt fähig bin?

Warum eigentlich nicht!?

Immerhin schleppen die Kerle uns Frauen ständig ab. Und sie schmücken sich mit ihren Eroberungen wie ich zu Weihnachten meinen Christbaum - bunt und schillernd!

Tamara tätschelt meine Hand, als gehöre sie zu ihrer kleinen Tochter. „Du sollst ihn nicht heiraten. Du sollst ihn nur vögeln und ihn dann vor die Türe setzen. Das ist alles. Und wenn er eine Freundin oder Frau hat, dann muss er ihr Rechenschaft ablegen und nicht du. Du willst ihn nur heute Nacht und nur zu DEINEM Spaß!"

Sie winkt der Bedienung kurz zu, die sich sofort in Bewegung setzt.

„Pia, dieses Mal machst du die Kerbe in deinen Bettpfosten und nicht andersherum. Wenn man vom Pferd fällt, soll man sofort wieder aufsteigen." Sie kichert, als ihr die Zweideutigkeit ihrer Worte bewusst wird. Ich bin froh, dass das Licht der Bar schummerig ist, sodass niemand sieht, wie ich rot anlaufe. Als der Kellner erscheint, bestellt sie für uns zwei weitere Campari und für die beiden netten Herren zwei Tische weiter jeweils einen Drink nach deren Wunsch auf unsere Rechnung.

Ich kann sie nur weiterhin anstarren und überlegen, wer die Frau ist, die mir gegenübersitzt.

Tami wirft mir den welterklärenden Blick zu, den einfach nur Mütter draufhaben.

„Wer bist du? Und was hast du mit Tamara gemacht?"
Sie stützt die Ellbogen auf den Tisch und legt den Kopf auf ihre verschränkten Hände.

„Spielen wir ein wenig Schicksal, meine Süße, und harren ob der Dinge, die heute Nacht passieren werden."
Verschwörerisch lehnt sie sich über den Tisch zu mir und lässt ihre Augenbrauen tanzen. Das Teelicht auf unserem Tisch beginnt zu flackern und wirft Schatten über ihr Gesicht.

„Jetzt hör aber auf. Als wenn sich so ein Kerl von mir abschleppen lassen würde!" Auch ich lehne mich über den Tisch und flüstere ihr meine Bedenken entgegen.

Sie zuckt mit den Schultern. „Na und? Dann vermittelst du ihm eben, dass er dich abschleppt. Alleine das Ergebnis zählt."

Die Flamme der Kerze tanzt in unserer Mitte. „Wirklich, Tami, du spinnst. Aber ich liebe dich trotzdem." Ich setze mich wieder gerade hin.

Keine Ahnung, welcher Teufel mich geritten hat. Ich habe so etwas noch nie getan. Ehrlich.

Aber ich habe ihn mitgenommen.

Und der Sex war unglaublich.

Milton Keynes UK
Ingram Content Group UK Ltd.
UKHW010716140823
426838UK00001B/54

9 783751 920254